会 讲 故 事 的 童 书

图书在版编目（CIP）数据

茅盾作品精读 / 茅盾著. -- 兰州：读者出版社，2023.11
（大家经典导读 / 谢冕，解玺璋主编）
ISBN 978-7-5527-0736-6

Ⅰ．①茅… Ⅱ．①茅… Ⅲ．①茅盾（1896-1981）—文学欣赏 Ⅳ．①I206.7

中国国家版本馆CIP数据核字（2023）第085427号

大家经典导读·茅盾作品精读

谢　冕　主编
解玺璋　副主编
茅　盾　著

总策划	禹成豪　曹文静
责任编辑	房金蓉
封面设计	万　聪

出版发行	读者出版社
地　　址	兰州市城关区读者大道568号（730030）
邮　　箱	readerpress@163.com
电　　话	0931-2131529（编辑部）　0931-2131507（发行部）
印　　刷	天津鑫旭阳印刷有限公司
规　　格	开本 880毫米×1230毫米　1/32
	印张 7.5　字数 162千
版　　次	2023年11月第1版
	2023年11月第1次印刷
书　　号	ISBN 978-7-5527-0736-6
定　　价	49.80元

如发现印装质量问题，影响阅读，请与出版社联系调换。

本书所有内容经作者同意授权，并许可使用。
未经同意，不得以任何形式复制。

目 录
茅盾作品精读

子夜（节选）	001
春蚕（节选）	011
林家铺子（节选）	019
苏嘉路上（节选）	027
卖豆腐的哨子	033
大鼻子的故事（节选）	036
锻炼（节选）	044
报施（节选）	054
乡村杂景	064
幻灭（节选）	071
动摇（节选）	077
有志者（节选）	087
我的中学生时代及其后	096
霜叶红似二月花（节选）	104
第二天	113
创造（节选）	119

手的故事（节选）	127
人造丝	135
冬天	143
严霜下的梦	148
我所见的辛亥革命	157
兰州杂碎	163
雾中偶记	171
大地山河	176
谈月亮	181
黄昏	191
雾	195
雷雨前	198
沙滩上的脚迹	203
风景谈	208
茅盾　以天下为己任的文人	217
茅盾生平年表	225

◆ 注：文中标注波浪线文字为佳句欣赏

子夜（节选）

 提示导读

　　茅盾原名沈德鸿，字雁冰，茅盾是其笔名。《子夜》是他的长篇小说代表作，也是中国现代文学史上革命现实主义长篇小说的优秀之作，写于1931年10月至1932年12月。书中讲述的故事发生在1930年的上海。它以民族工业资本家吴荪甫和买办金融资本家赵伯韬之间的矛盾与斗争为主线，生动而深刻地反映了当时中国的社会面貌。赵伯韬拉拢吴荪甫进行公债投机，吴荪甫则联合其他资本家组成信托公司，想大力发展民族工业，因而与赵伯韬产生了矛盾。但赵伯韬依仗外国的金融资本做后台，处处与吴荪甫作对，再加上当时军阀混战、工人罢工，尽管吴荪甫竭尽全力地挣扎，最终也没能改变全盘失败的命运。瞿秋白曾撰文评论说："这是中国第一部写实主义的成功的长篇小说。"日本著名文学研究家筱田一士在推荐十部20世纪世界文学巨著时，便选择了《子夜》，认为这是一部可以与《追忆似水年华》《百年孤独》相媲美的杰作。

清晨五时许，疏疏落落下了几点雨。有风。比昨晚上是凉快得多了。华氏寒暑表降低了差不多十度。但是到了九时以后，太阳光射散了阴霾的云气，像一把火伞撑在半天，寒暑表的水银柱依然升到八十度，人们便感到更不可耐的热浪的威胁。

拿着"引"字白纸帖的吴府执事人们，身上是黑大布的长褂，腰间扣着老大厚重又长又阔整段白布做成的一根腰带，在烈日底下穿梭似的刚从大门口走到作为灵堂的大客厅前，便又赶回到大门口再"引"进新来的吊客——一个个都累得满头大汗了。十点半钟以前，这一班的八个人有时还能在大门口那班"鼓乐手"旁边的木长凳上尖着屁股坐这么一二分钟，撩起腰间的白布带来擦脸上的汗，又用那"引"字的白纸帖代替扇子，透一口气，抱怨吴三老爷不肯多用几个人；可是一到了毒太阳直射头顶的时候，吊客像潮水一般涌到，大门口以及灵堂前的两班鼓乐手不换气似的吹着打着，这班"引"路的执事人们便简直成为来来往往跑着的机器，连抱怨吴三老爷的念头也没有工夫去想了，至多是偶然望一望灵堂前伺候的六个执事人，暗暗羡慕他们的运气好。

汽车的喇叭叫；笛子、唢呐、小班锣，混合着的"哀乐"；当差们挤来挤去高呼着"某处倒茶，某处开汽水"的叫声；发车饭钱处的争吵；大门口巡捕暗探赶走闲杂人们的吆喝；烟卷的辣味，人身上的汗臭：都结成一片，弥漫了吴公馆

的各厅各室以及那个占地八九亩的园子。

灵堂右首的大餐室里,满满地挤着一屋子的人。环洞桥似的一架红木百宝橱,跨立在这又长又阔的大餐室的中部,把这屋子分隔为前后两部。后半部右首一排窗,望出去就是园子,紧靠着窗,有一架高大的木香花棚,将绿荫和浓香充满了这半间房子;左首便是墙壁了,却开着一前一后的两道门,落后的那道门外边是游廊,此时也摆着许多茶几椅子,也攒集着一群吊客,在那里高谈阔论;"标金""大条银""花纱""几两几钱"的声浪,震得人耳聋,中间更夹着当差们开汽水瓶的嗤的声音。但在游廊的最左端,靠近着一道门,却有一位将近三十岁的男子,一身黄色军衣,长筒马靴,左胸挂着三四块景泰蓝的证章，独自坐在一张摇椅里，慢慢地喝着汽水，时时把眼光射住了身边的那一道门。这门现在关着，偶或闪开了一条缝，便有醉人的脂粉香和细碎的笑语声从缝里逃出来。

忽然这位军装男子放下了汽水杯子站起来，马靴后跟上的钢马刺碰出叮——的声音，他做了个立正的姿势，迎着那道门里探出来的一个女人的半身，就是一个六十度的鞠躬。

女人是吴少奶奶，冷不防来了这么一个隆重的敬礼，微微一怔。但当这位军装男子再放直了身体的时候，吴少奶奶也已经恢复了常态，微笑点着头说：

"呀，是雷参谋！几时来的？——多谢，多谢！"

"哪里话，哪里话！本想明天来辞行，如今恰又碰上老太爷的大事，是该当来送殓的。听说老太爷是昨晚上去世，那么，吴夫人，您一定辛苦得很。"

雷参谋谦逊地笑着回答，眼睛却在打量吴少奶奶的居丧素装：黑纱旗袍，紧裹在臂上的袖子长过肘，裾长到踝，怪幽静地衬出颀长窈窕的身材；脸上没有脂粉，很自然的两道弯弯的不浓也不淡的眉毛，眼眶边微微有点红，眼睛却依然那样发光，滴溜溜地时常转动，——每一转动，放射出无限的智慧，无限的爱娇。雷参谋忍不住心里一跳。这样清丽秀媚的"吴少奶奶"在他是第一次看到，然而埋藏在他心深处已有五年之久的另一个清丽秀媚的影子——还不叫作"吴少奶奶"而只是"密司林佩瑶"，猛地浮在他眼前，而且在啃啮他的心了。这一"过去"的再现,而且恰在此时,委实太残酷!于是雷参谋不等吴少奶奶的回答,咬着嘴唇,又是一个鞠躬,就赶快走开,从那些"标金""棉纱"的声浪中穿过,他跑进那大餐室的后半间去了。

刚一进门,就有两个声音同时招呼他:

"呀!雷参谋!来得好,请你说吧!"

这一声不约而同的叫唤,像禁咒似的立刻奏效;正在争论着什么事的人声立刻停止了,许多脸都转了方向,许多眼光射向这站在门边的雷参谋的身上。尚在雷参谋脑膜上黏着的吴少奶奶淡妆的影子也立刻消失了。他微微笑着,眼光在众人脸上扫过,很快地举起右手碰一下他的军帽檐,又很快地放下,便走到那一堆人跟前,左手拍着一位矮胖子的肩膀,右手抓住了伸出来给他的一只手,好像松出一口气似的说道:

"你们该不是在这里讨论几两几钱的标金和花纱吧?那个,我是全然外行。"

矮胖子不相信似的挺起眉毛大笑,可是他的说话机会却被那位伸手给雷参谋的少年抢了去了:

"不是标金,不是花纱,却也不是你最在行的狐步舞、探戈舞,或是《丽娃丽妲》歌曲,我们是在这里谈论前方的军事。先坐了再说吧。"

"哎!黄奋!你的嘴里总没有好话!"

雷参谋装出抗议的样子,一边说,一边皱一下眉头,便挤进了那位叫作黄奋的西装少年所坐的沙发榻里。和雷参谋同是黄埔出身，同在战场上嗅过火药，而且交情也还不差，但是雷参谋所喜欢的擅长的玩意儿，这黄奋却是全外行；反之，这黄奋爱干的"工作"虽然雷参谋也能替他守秘密，可是谈起来的时候，雷参谋总是摇头。这两个人近来差不多天天见面，然而见面时没有一次不是吵吵闹闹的。现在，当这许多面熟陌生的人们跟前，黄奋还是那股老脾气，雷参谋就觉得怪不自在，很想躲开去，却又不好意思拔起腿来马上就走。

　　静默了一刹那。似乎因为有了新来者，大家都要讲究礼

让,都不肯抢先说话。此时,麇集在这大餐室前半间的另一群人却在嘈杂的谈话中爆出了哄笑。"该死!……还不打他?"夹在笑声中,有人这么嚷。雷参谋觉得这声音很熟,转过脸去看,但是矮胖子和另一位细头长脖子的男人遮断了他的视线。他们是坐在一张方桌子的旁边,背向着那架环洞桥式的百宝橱,桌子上摆满了汽水瓶和水果碟。矮胖子看见雷参谋的眼光望着细头长脖子的男人,便以为雷参谋要认识他,赶快站起来说:

"我来介绍。雷参谋。这位是孙吉人先生,太平洋轮船公司总经理。"

雷参谋笑了,他对孙吉人点点头;接过一张名片来,匆匆看了一眼,就随便应酬着:

"孙先生还办皖北长途汽车吗?一手兼顾水陆交通。佩服,佩服。"

"可不是!孙吉翁办事有毅力,又有眼光,就可惜这次一开仗,皖北恰在军事区域,吉翁的事业只得暂时停顿一下。——但是,雷参谋,近来到底打得怎样了?"

矮胖子代替了孙吉人回答。他是著名的"喜欢拉拢",最会替人吹,朋友中间给他起的诨名叫"红头火柴",——并非因为他是光大火柴厂的老板,却实在是形容他的到处"一擦就着"就和红头火柴差不多。他的真姓名周仲伟反而因此不彰。

当下周仲伟的话刚刚出口,就有几个人同声喊道:

"到底打得怎样了？怎样了？"

雷参谋微微一笑，只给了个含糊的回答：

"大致和报纸上的消息差不多。"

"那是天天说中央军打胜仗啰，然而市面上的消息都说是这边不利。报纸上没有正确的消息，人心就更加恐慌。"

一位四十多岁长着两撇胡子的人说，声音异常高亢。雷参谋认得他是大兴煤矿公司的总经理王和甫；两年前雷参谋带一团兵驻扎在河南某县的时候，曾经见过他。

大家都点头，对于王和甫的议论表同情。孙吉人这时摇着他的长脖子发言了。

"市面上的消息也许过甚其词。可是这次来的伤兵真不少！敝公司的下水船前天在浦口临时被扣，就运了一千多伤兵到常州、无锡一带安插。据伤兵说的看来，那简直是可怕。"

"日本报上还说某人已经和北方默契，就要倒戈！"

坐在孙吉人斜对面的一位丝厂老板朱吟秋抢着说，敌意地看了雷参谋一眼，又用肘弯碰碰他旁边的陈君宜，五云织绸厂的老板，一位将近四十岁的瘦男子。陈君宜却只是微笑。

雷参谋并没觉到朱吟秋的眼光有多少不友意，也没留意到朱吟秋和陈君宜中间的秘密的招呼；可是他有几分窘了。身为现役军人的他，对于这些询问，当真难以回答。尤其使他不安的，是身边还有一个黄奋，素来惯放"大炮"。沉吟了一下以后，他就看着孙吉人说：

"是贵公司的船运了一千伤兵吗？这次伤的人，光景不少。既然是认真打仗，免不了牺牲；可是敌方的牺牲更大！黄奋，你记得十六年五月我们在京汉线上作战的情形吗？那时，我们四军十一军死伤了两万多，汉口和武昌成了伤兵世界，可是我们到底打了胜仗呢。"

说到这里，雷参谋的脸上闪出红光来了；他向四周围的听者瞥了一眼，考察他自己的话语起了多少影响，同时便打算转换谈话的方向。却不料黄奋冷笑着说出这么几句尖利的辩驳：

"你说十六年五月京汉线上的战事吗？那和现在是很不相同的呀！那时的死伤多，因为是拼命冲锋！但现在，大概适得其反吧？"

就好像身边爆开了一颗炸弹，雷参谋的脸色突然变了。他站了起来，向四周围看看，蓦地又坐了下去，勉强笑着说：

"老黄，你不要随便说话！"

"随便说话？我刚才的话语是不是随便，你自然明白。不然，为什么你到现在还逗留在后方？"

"后天我就要上前线去了！"

雷参谋大声回答，脸上露出一个狞笑。这一声"宣言"式的叫喊，不但倾动了眼前这一群人，连那边——前半间的人们，也都受了影响；那边的谈话声突然停止了，接着就有几个人跑过来。他们并没听清楚是怎么一回事，只看见"红头火柴"周仲伟堆起满脸笑容，手拉着雷参谋的臂膊，眼看着孙吉人说：

"吉翁,我们明天就给雷参谋饯行,明天晚上?"

孙吉人还没回答,王和甫抢先表示同意:

"我和雷参谋有旧,算我的东吧!——再不然,就是三个人的公份,也行。"

于是这小小的临时谈话会就分成了两组。周仲伟、孙吉人、王和甫以及其他的三四位,围坐在那张方桌子旁边,以雷参谋为中心,互相交换着普通酬酢的客气话。另一组,朱吟秋、陈君宜等八九人,则攒集在右首的那排窗子前,大半是站着,以黄奋为中心,依然在谈论着前方的胜败。

子夜,是指夜半子时,也就是深夜11时至次日凌晨1时。这是黎明前最黑暗的时刻,意味着黎明即将来到。小说中的吴老太爷初到灯红酒绿的上海,突发晕厥,死于子夜;儿子吴荪甫则是在子夜离开了上海,回顾和思索着自己的命运。作者以《子夜》作为书名,有何深刻的寓意呢?

春蚕（节选）

　　《春蚕》以江南水乡为背景，以养蚕为主线，描写蚕农老通宝一家紧张而艰辛地劳作，虽然赢得了空前丰收，结果反而负债，落得个"白赔上十五担叶的桑地和三十块钱的债"的结局。作者通过老通宝一家人的遭遇，反映了20世纪30年代旧中国农村经济凋敝、农民丰收成灾的残酷社会现实，折射出了当时中国社会的面貌，反映了中国农民在黑暗社会里被残酷压迫、剥削和苦苦挣扎的现状。《春蚕》是茅盾的"农村三部曲"之一，另外两篇是《秋收》和《残冬》。当时，"一·二八"事变刚刚过去，由于洋货倾销，民族丝织工业陷于破产的境地，这三部连续的短篇小说，真实地反映了当时中国广大农民的深重苦难，并展现了他们从守旧、迷惘中逐步觉醒，最终走向抗争的趋势。

老通宝坐在"塘路"边的一块石头上,长旱烟管斜摆在他身边。"清明"节后的太阳已经很有力量,老通宝背脊上热烘烘的,像背着一盆火。"塘路"上拉纤的快班船上的绍兴人只穿了一件蓝布单衫,敞开了大襟,弯着身子拉,额角上黄豆大的汗粒落到地下。

看着人家那样辛苦地劳动,老通宝觉得身上更加热了;热得有点儿发痒。他还穿着那件过冬的破棉袄,他的夹袄还在当铺里,却不防才得"清明"边,天就那么热。

"真是天也变了!"

老通宝心里说,就吐一口浓厚的唾沫。在他面前那条"官河"内,水是绿油油的,来往的船也不多,镜子一样的水面这里那里起了几道皱纹或是小小的涡旋,那时候,倒映在水里的泥岸和岸边成排的桑树,都晃乱成灰暗的一片。可是不会很长久的。渐渐儿那些树影又在水面上显现,一弯一曲地蠕动,像是醉汉,再过一会儿,终于站定了,依然是很清晰的倒影。那拳头模样的丫枝顶都已经簇生着小手指那么大的嫩绿叶。这密密层层的桑树,沿着那"官河"一直望去,好像没有尽头。田里现在还只有干裂的泥块,这一带,现在是桑树的势力!在老通宝背后,也是大片的桑林,矮矮的,静穆的,在热烘烘的太阳光下,似乎那"桑拳"上的嫩绿叶过一秒钟就会大一些。

离老通宝坐处不远,一座灰白色的楼房蹲在"塘路"边,那是茧厂。十多天前驻扎过军队,现在那边田里留着几条短短的战壕。那时都说东洋兵要打进来,镇上有钱人都逃光了;现在兵队又开走了,那座茧厂依旧空关在那里,等候春茧上市的时候再热闹一番。老通宝也听得镇上小陈老爷的儿子——陈大少爷说过,今年上海不太平,丝厂都关门,恐怕这里的茧厂也不能开;但老通宝是不肯相信的。他活了六十岁,反乱年头也经过好几个,从没见过绿油油的桑叶白养在树上等到成了"枯叶"去喂羊吃;除非是"蚕花"不熟,但那是老天爷的"权柄",谁又能够未卜先知?

"才得清明边,天就那么热!"

老通宝看着那些桑拳上怒苗的小绿叶儿,心里又这么想,同时有几分惊异,有几分快活。他记得自己还是二十多岁少壮的时候,有一年也是"清明"边就得穿夹,后来就是"蚕花二十四分",自己也就在这一年成了家。那时,他家正在"发";他的父亲像一头老牛似的,什么都懂得,什么都做得;便是他那创家立业的祖父,虽说在长毛窝里吃过苦头,却也愈老愈硬朗。那时候,老陈老爷去世不久,小陈老爷还没抽上鸦片烟,"陈老爷家"也不是现在那么不像样的。老通宝相信自己一家和"陈老爷家"虽则一边是高门大户,而一边不过是种田人,然而两家的命运好像是一条线儿牵着。不但"长毛造反"那时候,老通宝的祖父和陈老爷同被长毛掳去,同在长毛窝里混上了六七年,不但他们俩同时从长毛营盘里逃了出来,而且偷得了长毛的许多金元宝——人家到现在还是这么说;并且老陈老爷做丝生意"发"起来的时候，老通宝家养蚕也是年年都好，十年中间挣得了二十亩的稻田和十多亩的桑地，还有三开间两进的一座平屋。这时候，老通宝家在东村庄上被人人所妒羡，也正像"陈老爷家"在镇上是数一数二的大户人家。可是以后，两家都不行了；老通宝现在已经没有自己的田地，反欠出三百多块钱的债，"陈老爷家"也早已完结。人家都说"长毛鬼"在阴间告了一状，阎罗王追还"陈老爷家"的金元宝横财，所以败得这么快。这个，老通宝也有几分相信：不是鬼使神差，好端端的小陈老爷怎么会抽上了鸦片烟？

可是老通宝死也想不明白为什么"陈老爷家"的"败"会牵动到他家。他确实知道自己家并没得过长毛的横财。虽则听死了的老头子说，好像那老祖父逃出长毛营盘的时候，不巧撞着了一个巡路的小长毛，当时没法，只好杀了他，——这是一个"结"！然而从老通宝懂事以来，他们家替这小长毛鬼拜忏念佛烧纸锭，记不清有多少次了。这个小冤魂，理应早投凡胎。老通宝虽然不很记得祖父是怎样"做人"，但父亲的勤俭忠厚，他是亲眼看见的；他自己也是规矩人，他的儿子阿四，儿媳四大娘，都是勤俭的。就是小儿子阿多年纪轻，有几分"不知苦辣"，可是毛头小伙子，大都这么着，算不得"败家相"！

老通宝抬起他那焦黄的皱脸，苦恼地望着他面前的那条河，河里的船，以及两岸的桑地。一切都和他二十多岁时差不了多少，然而"世界"到底变了。他自己家也要常常把杂粮当饭吃一天,而且又欠出了三百多块钱的债。

呜!呜,呜,呜,——

汽笛叫声突然从那边远远的河身的弯曲地方传了来。就在那边,蹲着又一个茧厂,远望去隐约可见那整齐的石"帮岸"。一条柴油引擎的小轮船很威严地从那茧厂后驶出来,拖着三条大船,迎面向老通宝来了。满河平静的水立刻激起泼刺刺的波浪,一齐向两旁的泥岸卷过来。一条乡下"赤膊船"赶快拢岸,船上人揪住了泥岸上的树根,船和人都好像在那里打秋千。轧轧轧的轮机声和洋油臭,飞散在这和平的绿的田野。老通宝满脸恨意,看着这小轮船来,看着它过去,直到又转一个弯,呜呜呜地又叫了几声,就看不见。老通宝向来仇恨小轮船这一类洋鬼子的东西!他从没见过洋鬼子,可是他从他的父亲嘴里知道老陈老爷见过洋鬼子:红眉毛,绿眼睛,走路时两条腿是直的。并且老陈老爷也是很恨洋鬼子,常常说"铜钿都被洋鬼子骗去了"。老通宝看见老陈老爷的时候,不过八九岁,——现在他所记得的关于老陈老爷的一切都是听来的,可

是他想起了"铜钿都被洋鬼子骗去了"这句话，就仿佛看见了老陈老爷捋着胡子摇头的神气。

　　洋鬼子怎样就骗了钱去，老通宝不很明白。但他很相信老陈老爷的话一定不错。并且他自己也明明看到自从镇上有了洋纱、洋布、洋油，——这一类洋货，而且河里更有了小火轮船以后，他自己田里生出来的东西就一天一天不值钱，而镇上的东西却一天一天贵起来。他父亲留下来的一分家产就这么变小，变作没有，而且现在负了债。老通宝恨洋鬼子不是没有理由的！他这坚定的主张，在村坊上很有名。五年前，有人告诉他：朝代又改了，新朝代是要"打倒"洋鬼子的。老通宝不相信。为的他上镇去看见那新到的喊着"打倒洋鬼子"的年轻人们都穿了洋鬼子衣服。他想来这伙年轻人一定私通洋鬼子，却故意来骗乡下人。后来果然就不喊"打倒洋鬼子"了，而且镇上的东西更加一天一天贵起来，派到乡下人身上的捐税也更加多起来。老通宝深信这都是串通了洋鬼子干的。

　　然而更使老通宝去年几乎气成病的，是茧子也是洋种的卖得好价钱；洋种的茧子，一担要贵上十多块钱。素来和儿媳总还和睦的老通宝，在这件事上可就吵了架。儿媳四大娘去年就要养洋种的蚕。小儿子跟他嫂嫂是一路，那阿四虽然嘴里不多说，心里也是要洋种的。老通宝拗不过他们，末了只好让步。现在他家里有的五张蚕种，就是土种四张，洋种一张。

　　"世界真是越变越坏！过几年他们连桑叶都要洋种了！我

活得厌了！"

老通宝看着那些桑树，心里说，拿起身边的长旱烟管恨恨地敲着脚边的泥块。太阳现在正当他头顶，他的影子落在泥地上，短短的像一段乌焦木头，还穿着破棉袄的他，觉得浑身燥热起来了。他解开了大襟上的纽扣，又抓着衣角扇了几下，站起来回家去。

那一片桑树背后就是稻田。现在大部分是匀整的半翻着的燥裂的泥块。偶尔也有种了杂粮的，那黄金一般的菜花散出强烈的香味。那边远远的一簇房屋，就是老通宝他们住了三代的村坊，现在那些屋上都袅起了白的炊烟。

老通宝辛勤养蚕，紧张劳动，取得了多年未有的蚕茧丰收，可是丰收不仅没有给他们带来富裕和幸福，反而带来了更多的贫困和灾难。这种结构安排形成了人物命运的巨大的落差，结合当时中国的社会状况，请思考其中的深层原因是什么。

小说通过多种方式，刻画出了老通宝鲜明的人物形象。阅读节选部分并结合全文思考，老通宝身上有哪些鲜明的性格特征？这些人物性格特征和当时的中国社会现状有没有必然联系？

林家铺子(节选)

　　《林家铺子》是茅盾于1932年7月发表的短篇小说,原名为《倒闭》。小说讲述的是当时江南杭嘉湖地区一个谨慎的小商人的故事。这个小商人有一家自己的小店铺,小商人姓林,故被称为林老板。当时社会动荡、经济萧条,在这样的社会背景下,林老板虽然精通生意,但因为当局以爱国为由,出台了"封存东洋货"的政策,使得林先生被迫去请商会会长出面,从中斡旋。镇上的卜局长有意纳林老板之女阿秀为妾,遭到林老板拒绝后,给林老板招致了罪名,被国民党县党部扣留。为了赎人,林家不得不按商会会长的意思,送上两百元。面对日本帝国主义的军事压迫和经济侵略、国民党反动政府的敲诈以及地主阶级高利贷的剥削,林老板即便苦苦挣扎,最终也只能走向破产。

那天下午，林先生就没有回来。店里生意忙，寿生又不能抽空身子尽自去探听。里边林大娘本来还被瞒着，不防小学徒漏了嘴，林大娘那一急几乎一口气死去。她又死不放林小姐出那对蝴蝶门儿，说是：

"你的爸爸已经被他们捉去了，回头就要来抢你！呃——"

她只叫寿生进来问底细，寿生瞧着情形不便直说，只含糊安慰了几句道：

"师母，不要着急，没有事的！师傅到党部里去理直那些存款呢。我们的生意好，怕什么的！"

背转了林大娘的面，寿生悄悄告诉林小姐，"到底为什么，还没得个准信儿"。他叮嘱林小姐且安心伴着"师母"，外边事有他呢。林小姐一点主意也没有，寿生说一句，她就点一下头。

这样又要照顾外面的生意，又要挖空心思找出话来对付林大娘不时的追询，寿生更没有工夫去探听林先生的下落。直到上灯时分，这才由商会长给他一个信：林先生是被党部扣住了，为的外边谣言林先生打算卷款逃走，然而林先生除有庄款和客账未清外，还有朱三阿太、桥头陈老七、张寡妇三位孤苦人儿的存款共计六百五十元没有保障，党部里是专替这些孤苦人儿谋利益的，所以把林先生扣起来，要他理直这些存款。

寿生吓得脸都黄了，呆了半晌，方才问道：

"先把人保出来，行吗？人不出来，哪里去弄钱来呢？"

"嘿！保出人来！你空手去，让你保吗？"

"会长先生，总求你想想法子，做好事。师傅和你老人家向来交情也不差，总求你做做好事！"

商会长皱着眉头沉吟了一会儿，又端详着寿生半晌，然后一把拉寿生到屋角里悄悄说道：

"你师傅的事，我岂有袖手旁观之理。只是这件事现在弄僵了！老实对你说，我求过卜局长出面讲情，卜局长只要你师傅答应一件事，他是肯帮忙的；我刚才到党部里会见你的师傅，劝他答应，他也答应了，那不是事情完了吗？不料党部里那个黑麻子真可恶，他硬不肯——"

"难道他不给卜局长面子？"

"就是呀！黑麻子反而噜哩噜嗦说了许多，卜局长几乎下不得台。两个人闹翻了！这不是这件事弄得僵透？"

寿生叹了口气，没有主意；停一会儿，他又叹一口气说：

"可是师傅并没犯什么罪。"

"他们不同你讲理！谁有势，谁就有理！你去对林大娘说，放心，还没吃苦，不过要想出来，总得花点儿钱！"

商会长说着，伸两个指头一扬，就匆匆地走了。

寿生沉吟着，没有主意；两个伙计攒住他探问，他也不回答。商会长这番话，可以告诉"师母"吗？又得花钱！"师母"有没有私蓄，他不知道；至于店里，他很明白，两天来卖得的现钱，被恒源提了八成去，剩下只有五十多块，济得什么事！商会长示意总得两百。知道还够不够呀！照这样下去，生意再好些也不中用。他觉得有点灰心了。

里边又在叫他了！他只好进去瞧光景再定主意。

林大娘扶住了女儿的肩头，气喘喘地问道：

"呃，刚才，呃——商会长来了，呃，说什么？"

"没有来呀！"

寿生撒一个谎。

"你不用瞒我，呃——我，呃，全知道了；呃，你的脸色吓得焦黄！阿秀看见的，呃！"

"师母放心，商会长说过不要紧。——卜局长肯帮忙——"

"什么？呃，呃——什么？卜局长肯帮忙！——呃，呃，大慈大悲的菩萨，呃，不要他帮忙！呃，呃，我知道，你的师傅，呃呃，没有命了！呃，我也不要活了！呃，只是这阿秀，呃，我放心不下！呃，呃，你同了她去！呃，你们好好地做人家！呃，呃，寿生，呃，你待阿秀好，我就放心了！呃，去呀！他们要来抢！呃——狠心的强盗！观世音菩萨怎么不显灵呀！"

寿生睁大了眼睛，不知道怎样回话。他以为"师母"疯了，但可又一点不像疯。他偷眼看他的"师妹"，心里有点跳；林小姐满脸通红，低了头不作声。

"寿生哥，寿生哥，有人找你说话！"

小学徒一路跳着喊进来。寿生慌忙跑出去，总以为又是商会长什么的来了,哪里知道竟是斜对门裕昌祥的掌柜吴先生。"他来干什么?"寿生肚子里想,眼光盯住在吴先生的脸上。

吴先生问过了林先生的消息,就满脸笑容,连说"不要紧"。寿生觉得那笑脸有点异样。

"我是来找你划一点货——"

吴先生收了笑容,忽然转了口气,从袖子里摸出一张纸来。是一张横单,写着十几行,正是林先生所卖"一元货"的全部。寿生一眼瞧见就明白了,原来是这个把戏呀!他立刻说:

"师傅不在,我不能做主。"

"你和你师母说,还不是一样!"

寿生踌躇着不能回答。他现在有点懂得林先生之所以被捕了。先是谣言林先生要想逃,其次是林先生被扣住了,而现在却是裕昌祥来挖货,这一连串的线索都明白了。寿生想来有点气,又有点怕,他很知道,要是答应了吴先生的要求,那么,林先生的生意,自己的一番心血,都完了。可是不答应呢,还有什么把戏来,他简直

"师傅！"

寿生叫了一声，用手指蘸着茶，在桌子上写了一个"走"字给林先生看。

林先生摇头，眼泪扑簌簌地直淌；他看看林大娘，又看看林小姐，又叹一口气。

"师傅！只有这一条路了。店里拼凑起来，还有一百块，你带了去，过一两个月也就够了；这里的事，我和他们理直。"

寿生低声说。可是林大娘却偏偏听得了，她忽然抑住了呃，抢着叫道：

"你们也去！你，阿秀。放我一个人在这里好了，我拼老命！呃！"

读与思

《林家铺子》原名为《倒闭》，小说讲述的是一家小店铺倒闭破产的故事。那么，作者为什么将《倒闭》改为《林家铺子》？你认为哪个篇名更合适呢？请阐述理由。

结合当时的社会背景，如果让你续写该小说，你会如何续写？

苏嘉路上（节选）

茅盾先生是中国现代著名作家、文学评论家、文化活动家和社会活动家，五四新文化运动先驱者之一，我国革命文艺奠基人之一。其代表作很多，其中尤以小说最为大家了解，"茅盾文学奖"就是为支持我国优秀长篇小说创作而设，是我国长篇小说的最高奖项之一。其实，茅盾先生不仅在小说领域成就斐然，其散文创作也是硕果累累。茅盾先生出生于浙江省桐乡市乌镇，这是太湖南部的鱼米之乡，也是人文荟萃的地方，这里滋养了茅盾先生精致的笔风，其散文创作含蓄内敛，思想深邃。早在1933年，《茅盾散文集》就出版了。该散文集一共8卷，既有对往事的追叙，也有对乡镇的描写，还有对上海的观察，更有一卷专门写了鲁迅。总之，涉及的题材极其广阔，笔触极其细腻，文风优美动人。本篇节选自发表于1937年11月至1938年5月的散文《茅盾散文集》卷四《战时生活剪影》，散文篇名为《苏嘉路上》。

没有星,没有月亮,也不像有云。秋的夜空特有一种灰茫茫的微光。风挟带着潮湿,轻轻地,一阵阵,拂在脸上作痒。

徒步走过了曾经被破坏的铁路桥(三十一号)的旅客们都挤在路轨两旁了。这里不是"站头",但一个月以来,这一段路轨的平凡的枕木和石子上,印过无数流离失所的人们的脚迹,渗透着他们的汗和泪,而且,也积压着他们的悲愤和希望吧?一个青年人俯首穆然注视了好一会儿,悄悄地,——手指微抖地,拾了一粒石子,放进衣袋里去。

有人打起手电来了,细长一条青光掠过了成排的密集的人影:这里是壮年人的严肃的脸孔和忧郁的妇人的瘦脸木然相对,那边是一个虽然失血但还天真活泼的孩子的脸贴在母亲的胸口,……手电的光柱忽然停留在一点上了,圆圈里出现三个汉子,蹲成一堆,用皮箱当作饭台,有几个纸包,——该是什么牛肉干、花生米之类,有高粱酒吧,只一个瓶,套在嘴唇上,三位轮流。

和路轨并行的,是银灰色的一泓,不怎么阔,镶着芦苇的边儿。青蛙间歇地咯咯地叫。河边一簇一簇的小树轻轻摇摆。

"如果有敌机来,就下去这河滩边小树下躲一躲吧?"有人小声对他的同伴说,于是仰脸望着灰茫茫的夜空;而且,在肃然翘望的一二分钟间,他又回忆起列车刚开出"上西站"时所见的景象:那时夜幕初落,四野苍苍,车厢里仅有的一盏电灯也穿着黑纱的长袍,人们的面目瞧不清,但隐约可辨丰满胸脯细长身腰的是女性，而小铺盖似的依在大人身边的是孩童。被"黑纱的长袍"罩住的电灯光落在车厢地板上，圆浑浑的，像是神们顶上的光圈，有人伛着身子就这光圈阅读什么，——也许是《抵抗》。忽然旅客们三三两两指着窗外纷纷议论了：东方的夜空有十多条探照灯光伞形似的张开着，高高低低的红星在飞舞追逐，——据说，这就是给高射炮手带路的信号枪。车轮匀整地响着，但高射炮声依然听得到，密密的，像连绵的春雷一样。中国空军袭击敌人根据地杨树浦！仰首悠然回忆的那位年轻人，嘴唇边掠过一抹微笑。

近来中国空军每夜来黄浦江边袭击，敌人的飞机却到内地各处去滥炸，但依据敌机暴行的"统计"看来，没有星月的晚上它们也还是不大出巢。也许为此吧，这临时待车处的路轨两旁并没施行怎样严格的"灯火管制"。路警和宪兵们杂在人堆里，有时也无目的地打着手电，纵横的青光，一条条。

草间似乎有秋虫也还在叫。虽不怎样放纵，却与永无片刻静定的人声，凝成了厚重的一片，压在这夜的原野。远处，昏茫茫的背景前有几点萤火忽上忽下互相追逐。俄而有特大的一点，金黄色的，忽左忽右地由远而近，终于直向路轨旁的人群来了。隐约辨得出这是一个人提着灯笼。但就在这一刹那间，这灯光熄灭了。可是人们还能感觉出这人依然直向这边来，而且加入了这里的人群，在行列中转动，像一个陀螺，不多时，连他的声音也听到了，急促然而分明，是叫卖着："茶叶蛋——滚烫白米粥。"

　　这位半夜的小贩，大概来自邻近的村庄。那边有金色的眼睛，时开时合的，大概就是那不知名的小村庄。听说为了"抽壮丁"，也为了"拉伕"，有些三家村里，男子都躲避起来了，只剩下女人们支应着门户。也许这位半夜的"小贩"就是个女的吧？然而列车刚过了松江站时，车上突然涌现出大批的兜生意的挑夫，却是壮丁。他们并不属于路局，他们也是所谓战时的"投机者"，但据说要钻谋到这么个"缺"，需要相当的"资本"。

　　提着"诸葛灯"的路警开始肃清轨道的工作。这并不怎么容易。侵占着轨道的，不单是人，还有行李。于是长长的行列中发生了骚动。但这，也给旅客们以快慰，因为知道期待中的火车不久就可以到了。

　　只听得一声汽笛叫，随即是隆隆的重音，西来的列车忽然已经到了而且停住。车上没有一点亮光。车上的人和行李争先要下来，早已挤断了车门，然而车下严阵以待也是争先要上去的，也是行李和人。有人不断地喝着："不要打手电！"然而手电的青光依然横斜交错。人们此时似乎只有一个念头：怎样赶先上去给自己的身体和行李找到个地位。敌机的可怕的袭击暂时已被忘记。手电光照见每一个窗洞都尽了非常的职务：行李和人从这里缒下，也从这里爬上。手电光也照见几乎所有的车门全被背着大包袱的——挣扎着要上去或下来的——像蜘蛛

苏嘉路上（节选）

一样的旅客封锁住了。手电虽然大胆地使用着，但并没找到合意的"进路"，结果是实行"灯火管制"，一味摸黑"仰攻"。说是"仰"攻，并不夸张，因为车门口的"踏脚"最低一阶也离地有三尺多。

人们会想不通，女人和小孩子如何能上车。但事实上觉得自己确实已在车中的时候，便看见前后左右已有不少的妇孺。

黑茫茫中也不知车里拥挤到怎样程度。只知道一件：你已经不能动。你要是一伸脚，碰着的不是行李便是人。

两三位穿便衣的，有一盏"诸葛灯"，挤到车门口，高声叫道："行李不能放在走路口！这是谁的？不行，不能挡住了走路！"行李们的主人也许就在旁边，可是装傻，不理。

"不行！挡住走路。回头东洋飞机来轰炸，这一车的人，还跑得了吗？"便衣们严重地警告了。

行李们的主人依然不理，但是"非主人们"可着急了，有四五个声音同时喊道："谁的东西？没有主儿的吗，扔下车去！"这比敌机的袭击，在行李的主人看来，更多些可能性，于是他也慌了，赶快"自首"，把自己的舒服的座位让给他的行李（然而开车以后，因为暗中好行车，这些行李仍然蹲在走路上了）。

便衣们这样靠着"群众"的帮助，一路开辟过去。群众从便衣的暗示，纷纷议论着敌机袭击的危险，车厢里滚动着嘈杂的人声，列车却在这时悄悄地开动。

　　这篇散文篇幅不长，但作者却用自己精到的笔力，描写出了当时的夜景，刻画出了人物细小的动作，形象生动地写出了苏嘉路上旅客等候上下火车，以及车厢内混乱嘈杂的情景。试想一下，如果你是这列火车上的一名旅客，面对这样嘈杂的车厢，同时还要担心敌机的袭击，你会产生怎样的烦乱心思？你会去关注窗外的夜景吗？

卖豆腐的哨子

> 本篇只有大约600字，开篇就直接点出"卖豆腐的哨子在窗外呜呜地吹"，这引起了作者不少惆怅。行文中作者想起了故乡和祖国，想到了异乡夜市中叫卖的小贩，引起了他的怅惘；文章结尾处说这种哨子声"像是闷在瓮中，像是透过了重压而挣扎出来的地下的声音"，它无法作为夜市中的小贩子们的生活的象征。哨子的声音原本可能是清脆的，但面对当时中国的社会现状，底层百姓吹出的哨声，也好像是低声叹气，充满悲壮和无奈，只能发出"呜呜"的声音。但作者侧耳倾听，似乎能从这单调的"呜呜"声中读出无数的文字。这些文字是什么？或许是他们求生的无奈，也可能是他们对生活现状的不甘吧。

早上醒来的时候，听得卖豆腐的哨子在窗外呜呜地吹。每次这哨子声引起了我不少的怅惘。

　　并不是它那低叹暗泣似的声调在诱发我的漂泊者的乡愁；不是呢，像我这样的outcast（被抛弃者），没有了故乡，也没有了祖国，所谓"乡愁"之类的优雅的情绪，轻易不会兜上我的心头。

　　也不是它那类乎军笳然而已颇小规模的悲壮的颤音，使我联想到另一方面的烟云似的过去；也不是呢，过去的，只留下淡淡的一道痕，早已为现实的严肃和未来的闪光所掩杀所销毁。

　　所以我这怅惘是难言的。然而每次我听到这呜呜的声音，我总抑不住胸间那股回荡起伏的怅惘的滋味。

　　昨夜我在夜市上，也感到了同样酸辣的滋味。

　　每次我到夜市，看见那些用一张席片挡住了潮湿的泥土，就这么着货物和人一同挤在上面，冒着寒风在嚷嚷着叫卖的衣衫褴褛的小贩子,我总是感得了说不出的怅惘的心情。说是在怜悯他们吗?我知道怜悯是亵渎的。那么,说是在同情于他们吧?我又觉得太轻。我心底里钦佩他们那种求生存的忠实的手段和态度,然而,亦未始不以为那是太拙笨。我从他们那雄辩似的"夸卖"声中感到他们的心的哀诉。我仿佛看见他们呼出的热气在天空中凝集为一片灰色的云。

可是他们没有呜呜的哨子。没有这像是闷在瓮中,像是透过了重压而挣扎出来的地下的声音,作为他们的生活的象征。

呜呜的声音震破了冷凝的空气在我窗前过去了。我倾耳静听,我似乎已经从这单调的呜呜中读出了无数文字。

我猛然推开幛子,遥望屋后的天空。我看见了些什么呢?我只看见满天白茫茫的愁雾。

读与思

卖豆腐的哨子"呜呜"地吹着,引起了作者的怅惘,作者从这单调的呜呜中读出了无数文字。鉴于当时的社会背景,你认为作者读出了哪些文字?如果让你扩写作者读出的文字,你会怎么写?在文字的结尾处,作者遥望屋后的天空,却只看见了满天白茫茫的愁雾。想一想,作者为什么这么写?

有些人（也有骑脚踏车的），在队伍旁边，手里拿着许多纸分给路边的看客，也和看客们说些话语。忽然，震天动地的一声喊——

"中华民族解放万万岁！"

这是千万条喉咙里喊出来的！这是千万条喉咙合成一条大喉咙喊出来的！大鼻子不懂这喊的是一句什么话，但他却懂得这队伍确不是什么"大出丧"了。他感到有点失望，但也觉得有趣。这当儿，有个人把一张纸放在他手里，并且说：

"小朋友！一同去！加入爱国示威运动！"

大鼻子不懂得要他去干什么，这里没有"挽联"可掮，也没有"花圈"可背，然而大鼻子在人多热闹的场所总是很勇敢很坚决的，他就跟着走。

队伍仍在向前进。大鼻子的前面有三个青年，男的和女的；他们一路说些大鼻子听不懂的话，中间似乎还有几个洋字。大鼻子向来讨厌说洋话的，因为全说洋话的高鼻子固然打过他，只夹着几个洋字的低鼻子也打过他，而且比高鼻子打得重些。这时有一片冷风像钻子一般刺来，大鼻子就觉得他那其实不怎么大的鼻子里酸酸的，有些东西要出来了。他随手一把捞起，就偷偷地撩在一个说洋话的青年身上。谁也没有看见。大鼻子感到了胜利。

似乎鼻涕也有灵性的。它看见初出茅庐的老哥建了功，就争着要露脸了。大鼻子把手掌掩在鼻孔上，打算多储蓄一些，这当儿,队伍的头阵似乎碰着了阻碍,骚乱的声浪从前面传下来,人们都站住了,但并不安静,大鼻子的左右前后尽是愤怒的呼声。大鼻子什么都不理,只伸开了手掌又这么一撩,不歪不斜,许多鼻涕都爬在一个女郎的蓬松的头发上了,那女郎大概也觉得头上多一点东西,但只把头一缩,便又胀破了喉咙似的朝前面喊道:

"冲上去!打汉奸!打卖国贼!"

大鼻子知道这是要打架了,但是他眯着眼得意地望着那些鼻涕像冰丝似的从女郎的头发上挂下来,颤巍巍地发抖,他觉得很有趣。

队伍又在蠕动了。从前面传来的雄壮的喊声像晴天霹雳似的落到后面人们的头上——

"打倒一切汉奸!"

039

"一·二八精神万岁!"

"打倒×——"

断了!前面又发生了扰动。但是后面却拾起这断了的一句,加倍雄壮地喊道:

"打倒×××帝国主义!"

大鼻子跟着学了一句。可是同时,他忽然发现他身边有一个学生,披一件大衣,没有扣好,大衣襟飘飘的,大衣袋口子露出一个钱袋的提手。根据新学会的本领,大鼻子认定这学生的手袋分明在向他招手。他嘴里哼着"打倒——他妈的!"身子便往那学生这边靠近去。

但是正当大鼻子认为时机已到的一刹那,几个凶神似的巡捕从旁边冲来,不问情由便夺队伍里人们的小旗,又喝道:

"不准喊口号!不准!"

大鼻子心虚,赶快从一个高个儿的腿缝间钻到前面去。可是也明明看见那个穿大衣的学生和那头发上顶着鼻涕的女郎同巡捕扭打起来了,——他们不肯放弃他们的旗子!

许多人帮着那学生和那女子。骑脚踏车的人丁零零急驰向前面去。前面的人也回身来援救。这里立刻是一个争斗的旋涡。

喊"打"的声音从人圈中起来,大鼻子也跟着喊。对于眼前的事,大鼻子是懂得明明白白的。他脑筋里立刻排出一个公式来:"他自己常常被巡捕打,现在那学生和那女郎也被打;他自己是好人,所以那两个也是好人;好人要帮好人!"

谁的一面旗子落在地下了，大鼻子立刻拾在手中，拼命舞动。

这时，纷乱也已过去，队伍仍向前进。那学生和那女郎到底放弃了一面旗子，他们和大鼻子又走在一起。大鼻子把自己的旗子送给那学生道：

"不怕！还有一面呢！算是你的！"

学生很和善地笑了。他朝旁边一个也是学生模样的人说了一句话，而是大鼻子听不懂的。大鼻子觉得不大高兴，可是他忽然想起了似的问道：

"你们到哪里去？"

"到庙行去！"

"去干吗？这旗子可是干吗的？"

"哦！小朋友！"那头发上有大鼻子的鼻涕的女郎接口说。"你记得吗，四年前，上海打仗，大炮、飞机、炸弹，烧了许多许多房子。"

"我记得的！"大鼻子回答，一只眼偷偷地望着那女郎的头发上的鼻涕。

"记得就好了！要不要报仇？"

这是大鼻子懂得的。他做一个鬼脸表示他"要"，然而他的眼光又碰着了那女郎头发上的鼻涕，他觉得怪不好意思，赶快转过脸去。

"中华民族解放万万岁！"

这喊声又震天动地来了。大鼻子赶快不大正确地跟着学一句,又偷眼看一下那女郎头发上的鼻涕,心里盼望立刻有一阵大风把这一抹鼻涕吹得干干净净。

"打倒××帝国主义!"

"一·二八精神万岁!"

怒潮似的,从大鼻子前后左右掀起了这么两句。头上四个字是大鼻子有点懂的,他胀大了嗓子似的就喊这四个字。他身边那个穿大衣的学生一边喊一边舞动着两臂。那钱袋从衣袋里跳了出来。只有大鼻子是看见的。他敏捷地拾了起来,在手里掂了一掂,这时——

"打倒一切汉奸!"

"到庙行去!"

大鼻子的熟练的手指轻轻一转,将那钱袋送回了原处。他忽然觉得精神百倍,也舞动着臂膊喊道:

"打倒!到庙行去!"

他并不知道庙行是什么地方,是什么东西,然而他相信那学生和那女郎不会骗他,而且他应该去!他恍惚认定到那边去一定有好处!

"中华民族解放万岁!"

这时队伍正走过了大鼻子那个"家"所在的瓦砾场了。队伍像通了电似的,像一个人似的,又一句:

"中华民族解放万万岁!"

　　大鼻子在游行队伍中先是想偷钱包，后来却又送回了钱包，大鼻子为什么这么做？你认为作者想借此表达什么？

　　作者在描写游行爱国示威运动场面时，既有对游行者的群像塑造，也集中笔墨描绘了队伍中具有代表性的人物，如"女郎"和"学生"。这种点面结合的手法，在描写大场面的时候经常被用到，你能否也运用这种写作手法写一写校运动会呢？

锻炼（节选）

  《锻炼》是茅盾于1948年写的长篇小说，也是他生前最后一部长篇小说，最初连载于香港《文汇报》上。作者原计划写连贯的五部，但因时局，作者动身离开香港，赴大连，因此只完成了第一部《锻炼》。虽然没有完成连续五部，但这部《锻炼》仍然是一部完整的独立的长篇小说。小说以民族资本家严仲平与工厂工人关于迁厂问题的斗争为中心事件，铺开了广阔的社会生活画面，描写了抗战时期上海"八·一三"淞沪战争时整个社会风貌，塑造了一系列真实而生动的典型人物形象，使得这部小说成为茅盾先生留给我们的艺术珍品之一。

  离开那闹哄哄的市镇，走了十多里，河流就分成两股。向南的一股河面较为狭窄，向西的一股宽阔些，右岸就是一条公路。江南太湖区域的水道原是四通八达的，不论向西或向南都同样到达目的地，然而向西可以少走六七十里，作为国华厂十四条船的领队的"第七号"去了向西的一路。天已经晴了，万里长空，只有散散落落的几块白云，互相追逐似的迎面而来，不多时便到了国华厂那些船只的上空，好像是停在那里不动了。可是几分钟以后又觉得不动的似乎是那些船只，云朵则已向东而去，虽然说不上如何迅速，却始终毫无倦态，在赶它的路。

那十四条船，冲着风前进。风力并不怎样强，可是船家已经在叫苦。"第七号"是例外。摇船的它多了一倍，而载货它又最少。

"第七号"和它的伙伴们的距离愈来愈远，最后，倒赶上了前面的另外一帮船，成为它们的尾巴。

落在行列的末尾的，还是"第五号"，姚绍光的那一条。现在，后面追上来的七八条船也快要超过它了。这七八条船，有大有小，原是停泊在那闹哄哄的畸形繁荣的市镇的，它们闯进了国华厂的船只队伍，也带来了一个惊人的消息：敌机毕竟光顾了那市镇！

大约是在国华厂的一群船开出后半小时，三架飞机出现在天空，品字形地向西南飞去，那时谁也不把它当一回事；可是，隔不了十分钟，一架飞机忽然折返，开始在市镇上空盘旋，而且愈飞愈低，连机翼下的太阳徽也可以看得清清楚楚。这时候，镇上及河边都慌乱起来了。那些以船为家的"逃难人"这可当真要逃难了！有的上岸拼命躲在屋檐下，有的只在船头团团转，有的就冒险把船开动。

这七八条船是走得最远的。在敌机发射第一排机枪时，它们刚离开了埠头，舱板上有弹孔，幸而不曾伤人。虽然受了一场惊吓，可是船上人都很高兴，为的是他们借此也逃过了镇上军队的勒索。

然而这一个消息对于国华厂的人们颇有威胁性。他们认为这三架敌机不会是专程来扫射那小小市镇的，这三架敌机大概是出来侦察，而这河道中的动态就是它们的目标。

这消息传到了唐济成的耳朵，这时他正在船头望着两岸的三五成群的农舍，水边的垂柳和芦苇，也望着前面那一帮船，虽然相距约一里，还能够看清楚那尾巴上的蔡永良坐的"第七号"。唐济成猜想那一帮船大概也是谁家工厂的，不然，就是属于什么队伍，因为它们也一律有伪装。

右岸的公路现在渐渐斜向南方，终于钻进了大片的灰绿色——这不是市镇就是很大的村庄；而在这大片的灰绿色的近旁，有一处，反光甚强，想来是池塘。公路旁的竹林内隐约可见大队的挑伕在休息。一二十辆的载重卡车，正驶过那竹林，转瞬间变成一簇黑点子了。

"敌机要侦察的，也许就是这条公路吧？"唐济成这样想。

他这猜想立刻得到了事实的证明。嗡嗡的声音似乎从四面八方一齐来了。唐济成最初还以为这是苍蝇的声音——自从在

锻炼（节选）

那小市镇停泊了数小时，船上的伪装便收留了大批的金头苍蝇，唐太太曾戏呼之为"重轰炸机"。但是再一细听，就知道那嗡嗡的声音一半是苍蝇，一半却不是苍蝇。

但这声音已经在公路上起了反应。那一簇黑点子现在散开来了，躲到公路两旁的田里；有几辆竟往回走，打算在竹林之内找隐蔽。

等到唐济成听清了飞机声音所来自的方向，他也看见了飞机本身，有老鹰那么大，仍然是三架，正掠过那遥远的村庄，沿公路来了。

断断续续的机关枪射击声也从空中落到水面。转瞬间那三架飞机到了河流上空,然后又大转弯,向原路飞回。

前面那一帮船起了骚动。唐济成看自己的一伙,也正纷纷各自找寻隐蔽。敌机仍在河流上空盘旋,有时飞得很低,那尖厉的啸声实在可怕。

"难道今天当真找到我们头上来了吗?"唐济成这样想,返身回中舱去。中舱的空气很严重。唐太太和陆医生一脸惶惑,相对面坐。后舱传来小弟的惊恐的哭声。好像怕这孩子的哭声会被空中的敌机听到,阿珍姐压低了嗓子在威吓他:"再哭,就丢你到河里!"

在艄棚上,周阿梅正在帮着船家,只听得他连声喊道:"那边,那边!那株柳树下靠一靠吧!"

敌机骚扰了差不多整个下午。国华厂那些船停停走走,到了太阳落山的时候,一共也不过走了二十来里。

十四条船现在聚在一处,亟待解决一个问题:就此停泊过夜呢,还是继续走。

整个下午都伏在他那"防空室"内受够了惊吓的姚绍光,主张以后要昼伏夜行,理由是"安全第一"。

蔡永良当然也不肯冒险,但他又顾到严老板给他的限期,而且如果就现地停泊下来,前不巴村,后不巴店,那正是他所最不以为然的;他主张赶到最近一个乡镇然后休息过夜,明天的事明天再议。

唐济成赞成了蔡永良的意见。

夕阳斜照中，他们匆匆吃了晚饭，又派好了帮着摇船的人，立刻又出发。姚绍光的"第五号"领着头，这是姚绍光自己要求的。

姚绍光本来认为中段被炸的可能性最大，而头尾两端最小，头与尾比较，则尾尤其"保险"。可是最近的实际经验不能不使他这"理论"有了修正。他认为"尾"不如"头"。这是他研究"空防"的又一独得之秘，绝对不传人的。

当下他得意洋洋抢先开船，而且竟不入"洞"，例外地赖在中舱，占了张巧玲的部位，说是"清凉的夜气"简直使他醉了。有一搭没一搭，他逗着张巧玲说话。

天空出现了第一颗星。田野都消失在黑暗中了，然而那河流却越来越亮，像一条银带。"第五号"的两舷挂着红绿灯，两枝橹的声音又急又匀称，阿寿和歪面孔都做了临时的学徒。紧跟着"第五号"的十三条船却连红绿灯也没有挂，每条相离丈把路，船家们时时高声打着招呼。

姚绍光说话的声音愈来愈模糊，终于停止；接着就大声地打着呼噜。

而这时候，河面也正发生了变化。顺风飘来嘈杂喧嚣的声音。前面约百步之远，影影绰绰一大堆，几点红光和绿光移动不定，忽左忽右。银带子似的河道似乎愈缩愈短，河身也突然变窄了。不多工夫，"第五号"发现自己好像走进了断头的死

港，左右前后全是船只。

周阿寿从后艄转到船头，横拿着一支长竹篙。黑夜中他怎么也看不清是些什么船只阻塞了河道。四周都有人对他吼叫，他听的是"扳艄"二字，可是他不大懂得那两个字的意义，并且他还不大熟练，如何使用他手中的竹篙。

幸而这时月光从云阵中透出来了。阿寿瞥眼看见一只尖头阔肚子的乌篷船正在左侧迎面而来，似乎就要撞在自己的船腰。"第五号"的船家在艄棚高声对来船打着招呼，可是阿寿既不懂得那招呼的意义，动作上不能和他们配合，反而慌慌张张挺起竹篙在那乌篷船的右舷下劲一点。这可糟了。"第五号"的船身突然横过来了，它的船尾碰到了另一条船，而它的船头则撞在乌篷船的大肚皮上。

这一个小小的意外，顿时加重了那本来就存在的混乱。在粗暴的呼喝而外，又加上船和船磕碰的声音。

突然，尖厉的汽笛声破空而来，把周阿寿吓了一跳。他这才知道原来这混乱的一堆中还有一条小火轮。"第五号"的船家已经把船恢复了正常地位，可是还不能前进。

姚绍光被那一声汽笛吓醒，翻身起来就连爬带滚找他那"防空室"的入口。可就在这当儿，高空中爆出了一个大月亮，河面顿时罩满了强烈的白光。姚绍光一阵晕眩以后，再睁开眼来，却看不见河，只见挤作一团的全是伪装的或者没有伪装的大小船只。特别突出的，是那条小火轮，它拖着一条长尾巴，全是吃水很深的大船。

嘈杂喧嚣的声音一下都没有了，飞机的吼声震荡着河道和田野。

一段公路带一座竹林，从黑暗中跳了出来。正在公路上行进的两列队伍就像断了串的制钱纷纷滚到路旁的树荫下。轰轰！和这震响差不多同时，一阵火光在那竹林后边往上直冒。然后又是机关枪的吼声，由远而近，大约五六分钟，终于恢复了黑暗和寂静。

这五六分钟似乎比一年还长，可是河面的船只约齐了似的都不敢动。阿寿认为这是一个好机会,不管三七二十一,出劲地使着那长竹篙,左勾右点,竟把"第五号"驶出了麻烦的区域。这当儿,躲在舱底的两个船家也爬起来了,看见阿寿还是使着竹篙乱撑,便赶快叫他停手。橹和篙的动作如不配合,船无法前进,而阿寿之尚不能配合,他自己也知道。并且也觉得累了,便放下竹篙,蹲在船头。

敌机还在天空盘旋,竹林后面那片火光此时突然变大了,还有爆炸声。敌机的吼声又来了,更响,更可怕。接着又是轰轰两下,又是高冲半空的火柱。敌机显然把竹林后的几间茅房当作了军事目标了。

照明弹下来的时候,张巧玲和石全生的老婆,还有女孩阿银,她们都躲在头舱的掩蔽部。敌机第一次的轰炸把阿银吓得直哭,两个女人都索索地发抖。她们还看见姚绍光打算钻进他那"防空室",但忽又吓昏了似的回头乱跑。

这以后,她们也完全丧失了清醒和理智。她们怕那照明弹的强光,不约而同,逃出那掩蔽部;但是机关枪的声音又逼她们回去。阿银跌倒了,发出惊怖的叫声,仿佛已经中了枪弹。石全生的老婆也跌倒了,连带着也拖倒了张巧玲。这时照明弹熄灭了,黑暗的第一后果是加倍的恐怖,接着,第二次的轰炸又来了,她们觉得有个沉重的东西落在她们身上;她们突然都跳了起来,暗中互相践踏,阿银的哭声和两个女人的惊叫声混成了一片。

然而"第五号"却在沉着地前进。在艄棚帮着摇船的石全生,在船头蹲着休息的阿寿,都不知道头舱发生的这些事。

前面的河道轻松得多了。零零落落七八条船迎面而来,好像只有"第五号"是去的。不过,在它背后三五丈远,黑簇簇的一群也跟着上来了,这中间也有国华其他的十三条,它们不曾被挤住,也不曾和人家夺路,而在敌机两次轰炸的时候它们也是照常走,它们的经历是平淡无奇的。

一切都已恢复常态。竹林后面的火光越来越小,快要看不见了。月亮又从云层中探出头来。公路上那两列队伍也重复集合,重复行进。哨子的声音,很清越地时时可以听到。

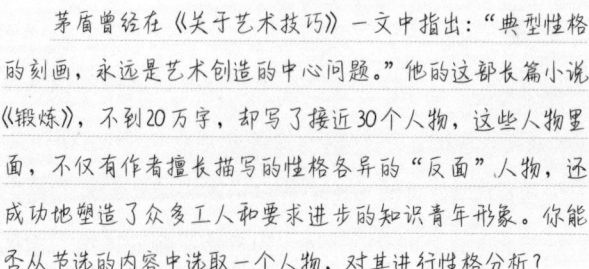

茅盾曾经在《关于艺术技巧》一文中指出:"典型性格的刻画,永远是艺术创造的中心问题。"他的这部长篇小说《锻炼》,不到20万字,却写了接近30个人物,这些人物里面,不仅有作者擅长描写的性格各异的"反面"人物,还成功地塑造了众多工人和要求进步的知识青年形象。你能否从节选的内容中选取一个人物,对其进行性格分析?

报施（节选）

    《报施》是茅盾的一篇短篇小说，写于1943年抗日战争时期。何谓"报施"？出自《左传·僖公二十四年》："报者倦矣，施者未厌。"杜预注："施，功劳也，有劳则望报过甚。"后来就以"报施"谓报答、赐予。这篇小说中，从结构上看，"报施"是贯穿全文的主线，使故事形成了一个有机的整体。从情节上看，故事紧紧围绕"报施"展开，既指师长额外给了张文安一千元，是对自己部下的报施；也指张文安想给父母买一头牛，是对父母的报施；还指张文安把钱送给一个也在前线抗战的陈海清的家属。从小说的主题上看，这种"报施"是对于国家有贡献的行为的肯定，这样写既丰富了人物形象，又使文章的主旨得以升华。

三

当天午后，浮云布满空中，淡一块，浓一块，天空像幅褪色不匀的灰色布。大气潮而热，闷得人心慌。

张文安爬上了那并不怎样高的山坡，只觉得两条腿重得很，气息也不顺了。他惘然站住，抬起眼睛，懒懒地看了一眼山坡上的庄稼，就在路边一块石头上坐下。坡顶毕竟爽朗些，坐了一会儿，他觉得胸头那股烦躁也渐渐平下去了。他望着自己刚才来的路，躺在山沟里的那个镇，那一簇黑魆魆的房屋，长长的，像一条灰黑斑驳的毛虫；他定睛望了很久，心头那股烦躁又渐渐爬起来了，然后轻轻叹口气，不愿再看似的别转了脸，望着相反的方向，这里，下坡的路比较平，但像波浪似的，这一坡刚完，另一坡又拱起来了，过了这又一坡，便是张文安家所在的村庄。

他远远望着，想着母亲这时候大概正在忙忙碌碌准备夜饭，——今天上午说要宰一只鸡，专为远地回来的他。这时候，那只逢年过节也舍不得吃的母鸡，该已燉在火上了吧？张文安心里忽然感到了一种说不大明白的又甜又酸的味道。而这味道，立刻又变化为单独的辛酸，——或者说，他惶恐起来了。好比一个出外经商的人，多年辛苦，而今回来，家里人眼巴巴望他带回大把的钱，殊不知他带回来的只是一双空手，他满心的惭愧，望见了里门，反而连进去的勇气都提不起来。虽

四

一口气下了坡,在平坦的地面走得不多几步,便该再上坡了。因为是在峡谷,这里特别阴暗。散散落落几间草房,靠在山坡向阳这边。一道细的溪水忽断忽续从这些草房中间穿了过来。

张文安刚要上坡,有一个人从坡上奔下来,见了他就欢天喜地招呼着,可是这一个人,张文安却不认识。

这年轻人满脸通红,眼里耀着兴奋喜悦的光彩,拦住了张文安,就杂七夹八诉说了一大篇。张文安听到一半,也就明白了;这年轻人就是陈海清的儿子,刚到他家里去过,现在又赶回来,希望早一点看见他,希望多晓得一些他父亲的消息。

"啊,啊,你就是陈海清的儿子吗?啊,你的父亲就是带着四匹驮马到前方去的?……"张文安惊讶地说。年轻人的兴奋和快乐,显然感染了他,他忘记了自己和陈海清在前方并未见过一面,甚至压根儿不知道这个人物在什么地方,"了不起,你的父亲是一个英雄!"他庄严地对那年轻人说,"勇敢!……不差,当然是排长啦。"他随口回答了年轻人的喜不自胜的询问,完全忘记这是他自己编造出来应付村里人的。

原来今天早上张文安信口开河说的关于陈海清的一切,早已传到了那儿子的耳朵里,儿子全盘都相信,高兴得了不得,正因为相信,正因为高兴,所以他不惜奔波了大半天,要找到

张文安,请他亲口再说一遍,让自己亲耳再听一遍。

两人这时已经走近了一间草房,有一只废弃的马槽横躺在木板门的右边。陈海清的儿子说:"这里是我的家了。请你进去坐一坐,我的祖母还要问你一些话呢。她老人家不是亲自听见就不会放心的。"

张文安突然心一跳。像从梦中醒来,这时候他方才理解到自己的并无恶意的编造已经将自己套住了。怎么办呢?继续编造下去呢,还是在这儿子面前供认了自己的不是?他正在迟疑不决,却已经被这儿子拉进了草房。感谢,欢迎,以及各种的询问，张文安立即受了包围，待了半晌，他这才看清在自己面前的，除了那儿子，还有一位老太太，而在屋角床上躺着的，又有一位憔悴不堪的中年妇人。他惘然看着，嘴里尽管"唔唔"地应着，耳朵里却什么也不曾听进去。受审问的感觉，又浮起在他心头。但终于定了神，他突然问那儿子道："生病的是谁？"

"我的母亲。"儿子回答。"快一年了，请不起郎中，也没钱买药吃。"老太太接口说，于是又诉起苦来：优待谷够三张嘴吃，吃不够生病呢；哪又能不穿衣么，每年也有点额外的恤金，可是生活贵了呀，缝一件衣，光是线钱，就抵得从前两件衣。"妈妈的病，一半是急出来的，"儿子插嘴说，"今天听得喜讯，就精神得多呢！"

"可不是！谢天谢地，到底是好好儿在那里，"老太太脸上的皱纹忽然像是展开了，显得庄严而虔诚，"菩萨是保佑好人的！张先生，你去打听，我们的海清向来是一个规规矩矩的好人，我活了七十多岁，看见得多了，好人总有好报！"

"可不是，好人总该有好报！"床上的病人也低声喃喃地说，像是在做祷告。

现在张文安已经真正定了神。看见这祖孙三代一家三口子那么高兴，他也不能不高兴；然而他又心中惴惴不安，不敢想象他这谎万一终于圆不下去时会发生的情形。现在他完全认明白：要是他这谎圆不了，那他造的孽可真不小。这一点，逼迫他提起了勇气，定了心，打定主意，撒谎到底。

他开始支支吾吾编造起关于陈海清的最近的生活状况；他大胆地给陈海清创造了极有希望的前途，他又将陈海清编派在某师某营某连，而且还胡诌了一个驻扎的地名。

祖孙三代这一家的三个人都静静地听着，他们那种虔敬而感奋的心情，从他们那哆开的嘴巴和急促而沉重的鼻息就可以知道。张文安说完以后，这祖孙三代一家的三个人还是入定了似的，异常庄严而肃穆。

忽然那位老祖母颤着声音问道："张先生，你回来的时候，我们的海清没有请你带个信来吗？"

张文安又窘住了，心里正在盘算，一只手便习惯地去抚摸衣服的下摆，无意中碰到了藏在贴身口袋里那一沓钞票，蓦地他的心一跳，得了个计较。当下的情形，不容他多考虑，他自己也莫名其妙地兴奋起来，一只手隔衣按住了那些钞票，一只手伸起来，像队伍里的官长宣布重要事情的时候常有的手势，他大声说："信就没有，可是，带了钱来了！"

老祖母和孙儿惊异地"啊"了一声，床上的病人轻声吐了口长气。

张文安涨红着脸，心在突突地跳，很艰难地从贴身口袋里掏出那一沓票子来，这还是半月前从师长手里接来后自己用油纸包好的原样。他慌慌张张撕破了薄纸，手指木僵地摺住那不算薄的一叠，心跳得更厉害，他的手指正要渐渐摸到这一叠的约莫一半的地方,突然一个狞笑掠过他的脸,他莽撞地站起来就把这一叠都塞在陈海清的儿子的手里了。

"啊,多少?"那年轻人只觉得多,却还没想到多得出乎他意料之外。

张文安还没回答,那位老太太插嘴道:"嗯,这有五百了呢,海清……"可是她不能再说下去了,张文安的回答使她吓了一跳。

"一千!"张文安从牙缝里迸出了这两个字。

屋子里的祖孙三代都听得很清楚,但都不相信的齐声又问道:"多少?"

"一千,够半条牛腿罢了。"张文安懒懒地说,心里有一种又像痛苦又像辛酸的异样感觉。

"阿弥陀佛!"呆了一下,终于明白了真正是一千的时候,老太太先开口了,"他哪来这么多的钱?"

张文安转脸朝四面看一下,似乎在找一句适当的话来回答;可巧他的眼光碰着了挂在壁角的一副破旧的驮鞍,他福至心灵似的随口胡诌道:"公家给的,赔偿他的驮马。"

"呵呵——"老太太突然哽咽了似的,说不下去,一会儿,她才笑了笑,对她的孙子说:"可不是,我说做好人总不会没有好报!"

床上的病人低声在啜泣,那年轻人捧着那些票子,老在发愣,不知道怎么好。

张文安松一口气，好像卸脱了一副重担子，伸手抹去额角的汗珠，就站起来说道："好心总有好报。这点儿钱，买药医病吧。"

从这一家祖孙三代颤着声音道谢的包围中，张文安逃也似的走了。他急急忙忙走上山坡，直到望见了自己的村子，这才突然站住，像做梦醒来一般，他揉了下眼睛，自问道："我做了什么？"然后下意识地隔衣服扪了扪贴身的口袋，轻声自答道，"哦，我总算把师长给的钱作了合理的支配了！"又回头望了下隐约模糊的陈家的草房，毅然决然说，"我应当报告师长，给他们查一查。"于是就像立刻要赶办"速件"似的，他一口气冲下坡去，巴不得一步就到了家。

茅盾认为，"文学是时代的反映"，作家在创作时要关注和反映"全般的社会现象"。结合本篇及小说原文的内容和写作时间，你能否分析出小说中反映了哪些社会现实？小说反映的是大时代，作者却围绕师长给张文安的一千元，以"报施"为题，想表达什么？你能否从文中找出相关佐证说明？小说节选部分开头即为环境描写，请结合全文内容思考，这段环境描写有何作用？

乡村杂景

这是茅盾先生于1933年8月发表的一篇散文,原文载于《申报月刊》,后被收入1980年12月人民出版社《茅盾散文速写集》一书中。

在中国现代散文之中,茅盾先生的文字是别具一格的。他的文风没有鲁迅的犀利泼辣,也不如冰心的雍容典雅,而是具有自己特色的"个人笔调"。郁达夫评价茅盾的散文时说:"茅盾是早就从事写作的人,唯其阅世深了,所以行文每不忘社会。他的观察周到,分析的清楚,是现代散文中最有实用的一种写法。"对身边事物的观察上细致入微,对人生的透彻理解,冷静解构而激情呈达,使其作品成为现代散文乃至其他类型文章最为务实的写作手法。

人到了乡下便像压紧的弹簧骤然放松了似的。

从矮小的窗洞望出去,天是好像大了许多,松喷喷的白云在深蓝色的天幕上轻轻飘着；大地伸展着无边的"夏绿"，好像更加平坦；远处有一簇树，矮矮地蹲在绿野中，却并不显得孤独；反射着太阳光的小河，靠着那些树旁边弯弯地去了。有一座小石桥，桥下泊着一条"赤膊船"。

在乡下，人就觉得"大自然"像老朋友似的嘻开着笑嘴老在你门外徘徊——不，老是"排闼直入"，蹲在你案头了。

住在都市的时候到公园里去走走，你也可以看见蓝天、白云、绿树，你也会暂时觉得这天、这云、这树，比起三层楼窗洞里所见的天的一角，云的一抹，树的尖顶确实是更近于"自然"；那时候，你也会暂时感到"大自然"张开了两臂在拥抱你了。但不知怎的，总也时时会感得这都市公园内所见的"大自然"不过是"大自然"的一部分，而且好像是"人工的"，——比方说，就像《红楼梦》大观园里"稻香村"的田园风光是"人工的"一般。

生长在农村，但在都市里长大，并且在都市里饱尝了"人间味"，我自信我染着若干都市人的气质；我每每感到都市人的气质是一个弱点，总想摆脱，却怎的也摆脱不下；然而到了乡村住下，静思默念，我又觉得自己的血液里原来还保留着乡村的"泥土气息"。

可以说有点爱乡村吧？

不错，有一点。并不是把乡村当作不动不变的"世外桃源"所以我爱，也不是因为都市"丑恶"。都市美和机械美我都赞美的。我爱的,是乡村的浓郁的"泥土气息"。不像都市那样歇斯底里,神经衰弱,乡村是沉着的,执拗的,起步虽慢可是坚定的,——而这,我称之为"泥土气息"。

让我们再回到农村的风景吧——

这里,绿油油的田野中间又有发亮的铁轨,从东方天边来,笔直地向西去,远得很,远得很;就好像是巨灵神在绿野里画的一条墨线。每天早晚两次,机关车拖着一长列的车厢,像爬虫似的在这里走过。说像爬虫,可一点也不过分冤枉了这家伙。你在大都市车站的月台上,听得"嗟"——的一声歇斯

底里的口笛，立刻满月台的人像鬼迷了似的乱推乱撞，而于是，在隆隆的震响中，"这家伙"喘着大气冲来了，那时你觉得它快得很，又莽撞得很，可不是？然而在辽阔的田野中，凭着短窗远远地看去，它就像爬虫，怪妩媚地爬着，爬着，直到天边看不见，消失在绿野中。

晚间，这家伙按着钟点经过时，在夏夜的薄光下，就像是一条身上有磷光的黑虫，爬得更慢了，你会代替它心焦。

还有那天空的"铁鸟"，一天也有一次飞过。像一个尖嘴姑娘似的，还没见她的身影儿就听得她那吵闹的骚音，飞得不很高，翅膀和尾巴看去都很分明。它来的时候总在上午，乡下人的平屋顶刚刚袅起了白色的炊烟。戴着大箬笠穿了铁甲似的"蒲包衣"，在田里工作的乡下人偶然也翘头望一会儿，一点表情都没有。他们当然不会领受那"铁鸟"的好处，而且他们现在也还没吃过这"铁鸟"的亏。他们对于它淡漠得很，正像他们对于那"爬虫"。

他们憎恨的，倒是那小河里的实在可怜相的小火轮。这应该说是一"伙"了，因为有烧煤的小火轮，也有柴油轮，——乡下人叫作"洋油轮船"，每天经过这小河，相隔二三小时就听得那小石桥边有吱吱的汽管叫声。这小火轮的一家门，放在大都市的码头上，谁也看它们不起。可是在乡下，它们就是恶霸。它们轧轧地经过那条小河的时候总要卷起两道浪头，泼剌剌地冲打那两岸的泥土。这所谓"浪头"，自然渺小可怜，不过半尺许高而已,可是它们一天几次冲打那泥岸,已经够使岸那边的稻田感受威胁。大水的年头儿,河水快与岸平,小火轮一过,河水就会灌进田里。就在这一点,乡下人和小火轮及其堂兄弟柴油轮成了对头。

小石桥迤西的河道更加窄些,轮船到石桥口就要叫一声,仿佛官府喝道似的。而且你站在那石桥上就会看见小轮屁股后那两道白浪泛到齐岸半寸。要是那小轮是烧煤的,那它沿路还要撒下许多黑屎,把河床一点一点填高淤塞,逢到大水大旱年成就要了这一带的乡下人的命。乡下人憎恨小火轮不是盲目的没有理由的。

沿着铁轨来的"爬虫"怎样像蚊子的尖针似的嘴巴吮吸了农村的血,乡下人是理解不到的;天空的"铁鸟"目前和乡村是无害亦无利;剩下来,只有小火轮一家门直接害了乡下人,就好比横行乡里的土豪劣绅。他们也知道对付那水里的"土劣"的方法是开浚河道,但开河要抽捐,纳捐是老百姓的本分,河的开不开却是官府的事。

刚才我不是说小石桥西首的河身特别窄吗?在内地,往往隔开一个山头或是一条河就另是一个世界。这里的河身那么一窄,情形也就不同了。那边出产"土强盗"。这也是非常可怜相的"土强盗",没有枪,只有锄头和菜刀。可是他们却有一个"军师"。这"军师"又不是活人,而是一尊小小的泥菩萨。

这些"土强盗"不过十来人一帮。他们每逢要"开市",大家就围住了这位泥菩萨军师磕头膜拜,嘴里念着他们的"经",有时还敲"法器",跟和尚的"法器"一样。末了,"土强盗"伙里的一位,——他是那泥菩萨军师的"代言人",——就宣言"今晚上到东南方有利",于是大家就到东南方。"代言人"负了那泥菩萨到一家乡下人的门前,说"是了",他的同伴们就动手。这份被光顾的人家照例是什么值钱的东西也不会有的,"土强盗"自然也知道;他们的目的是绑票。住在都市里的人一听说"绑票"就会想到那是一辆汽车,车里跳下四五人,都有手枪,疾风似的攫住了目的物就闪电似的走了。可是我们这里所讲的乡下"土"绑票却完全不同。他们从容得很。他们还有"仪式"。他们一进了"泥菩萨军师"所指定的人家,那位负着泥菩萨的"代言人"就站在门角里,脸对着墙,立刻把菩萨解下来供在墙角,一面念佛,一面拜,不敢有半分钟的停顿。直到同伴们已经绑得了人,然后他再把泥菩萨负在背上,仍然一路念佛跟着回去。

第二天,假使被绑的人家筹得了两块钱,就可以把肉票赎回。

据说这一宗派的"土"绑匪发源于温台,可是现在似乎别处也有了。而他们也有他们的"哲学"。他们说,偷一条牛还不如绑一个人便当。牛使牛性的时候,怎的鞭打也不肯走,人却不会那么顽强抵抗。

真是多么可怜相,然而妩媚的绑匪呵?

读 与 思

　　《乡村杂景》是茅盾先生记录乡土生活诸多文章之中的一篇，其他诸如《陌生人》《大旱》《桑树》等等，从各个不同的角度记录了五光十色的乡村生活方式，其中有美好，也有悲惨。读者不妨去读一读其他的作品，试着了解下在历史不同时期下的乡村生活。

幻灭（节选）

　　《幻灭》是茅盾的第一篇小说，写于1927年，是一部经典的写实主义作品。《幻灭》讲述的是一个抱着美好幻想参加革命的小资产阶级知识青年章静的悲剧。无论是爱情还是革命生活，每一次她都充满希望，但最终收获的却是失望，这就是幻灭。章静经历了三次幻灭。第一次是当她决定用恋爱打发无聊的生活时，却发现自己所热恋的爱人抱素竟是一个卑鄙的军阀探子并且已有妻室，她陷入了幻灭。第一次幻灭是因为她的单纯与天真造成的。第二次幻灭则是她在具体的革命生活中遇到困难，总是失望与逃避，认为不是她理想的生活。第三次幻灭则是她想和强连长逃避这个现实世界，幻想着能和强连长过好日子。从章静的三次幻灭，我们可以看到小资产阶级知识分子投身革命后思想的波动以及他们身上的劣根性。

胜利的消息，陆续从前线传来。伤员们也跟着源源而来。有一天，第六病院里来了个炮弹碎片伤着胸部的少年军官，加重了静女士的看护的负担。

这伤者是一个连长，至多不过二十岁。一对细长的眼睛，直鼻子，不大不小的口，黑而且细的头发，圆脸儿，颇是斯文温雅，只那两道眉棱，表示赳赳的气概，但虽浓黑，却并不见得怎样阔。他裹在灰色的旧军用毯里，依然是好好的，仅仅脸色苍白了些；但是解开了军毯看时，左乳部已无完肤。炮弹的碎片已经刮去了他的左乳，并且在他的厚实的左下胸刻上了三四道深沟。据军医说，那炮弹片的一掠只要往下二三分，我们这位连长早已成了"国殇"。现在，他只牺牲了一只无用的左乳头。

这军官姓强名猛，表字惟力；一个不古怪的人儿却是古怪的姓名。

在静女士看护的负担上，这新来者是第五名。她确有富裕的时间和精神去招呼这后来者。她除了职务的尽心外，对于这新来者还有许多复杂的向"他"心。伤的部分太奇特，年龄的特别小，体格的太文秀：都引起了静的许多感动。她看见他的一双白嫩的手，便想象他是小康家庭的儿子，该还有母亲、姊妹、兄弟，平素该也是怎样娇养的少爷，或者现在他家中还不知道他已经从军打仗，并且失掉了一只乳头。她不但敬重他为争自由而流血——可宝贵的青春的血；她并且寄予满腔的怜悯。

最初的四五天内,这受伤者因为创口发炎,体温极高,神志不清;后来渐渐好了,每天能够坐起来看半小时的报纸。虽然病中,对于前线的消息,他还是十分注意。一天午后,静女士送进牛奶去,他正在攒眉苦思。静把牛奶杯递过去,他一面接杯,点头表达谢意,一面问道:

"密司章,今天的报纸还没来吗?"

"该来了。现在是两点十五分。"静看着手腕上的表回答。

"这里的报纸岂有此理。每天要到午后才出版!"

"强连长。军医官说你不宜多劳神。"静踌躇了些时,终于委婉地说,"我见你坐起来看报也很费力呢!"

少年把牛奶喝完,答道:"我着急得要知道前方的情形。昨天报上没有捷电,我生怕是前方不利。"

"该不至于。"静低声回答,背过了脸儿;她见这负伤的少年还这样关心军事,不禁心酸了。

离开了病房,静女士就去找报纸;她先翻开一看,不禁一怔,原来这天的报正登着鄂西吃紧的消息。她立刻想到这个恶消息万不能让她的病人知道,这一定要加重他的焦灼;但是不给报看,又要引起他的怀疑,同样是有碍于病体。她想不出两全的法子,捏着那份报,痴立在走廊里。忽然一个人拍着她的肩头道:

"静妹,什么事发闷?"

静急回头看时,是慧女士站在她背后,她是每日来一次的。

"就是那强连长要看报,可是今天的报他看不得。"静回答,指出那条新闻给慧女士瞧。

慧拿起来看了几行,笑着说道:

"有一个好法子。你拣好的消息读给他听!"

又谈了几句,慧也就走了。静女士回到强连长的病房里,借口军医说看报太劳神,特来读给他听。少年不疑,很满意地听她读完了报上的好消息。从此以后,读报成了静女士的一项新职务。

强连长的伤,跟着报上的消息,一天一天好起来。静女士可以无须再读报了。但因她担任看护的伤员也一天一天减少,她很有时间闲谈,于是本来读报的时间,就换为议论军情。一天,这少年讲他受伤的经过。他是在临颍一仗受伤;两小时内,一团人战死了一半多,是一场恶斗。这少年神采飞扬地讲道:

"敌军在临颍布置了很好的炮兵阵地;他们分三路向我军反攻,和我们——七十团接触的兵力,在一旅左右。司令部本指定七十团担任左翼警戒,没提防敌人的反攻来得这么快。那天黄昏,我们和敌人接触,敌人一开头就是炮,迫击炮弹就像雨一般打来……"

"你的伤就是迫击炮打的吧?"静惴惴地问。

"不是。我是野炮弹碎片伤的。我们团长是中的迫击炮弹。咳,团长可惜!"他停了一停,又接下去,"那时,七十团也分三路迎战。敌人在密集的炮弹掩护下,向我军冲锋!敌人每隔二三分钟,放一排迫击炮,野炮是差不多五分钟一响。我便是那时候受了伤。"

他歇了一歇,微笑地抚他胸前的伤疤。

"你也冲锋吗?"静低声问。

"我们那时是守,死守着吃炮弹,后来——我已经被他们抬回后方去了,团长裹了伤,亲带一营人冲锋,这才把进逼的敌人挫退了十多里,我们的增援队伍也赶上来,这就击破了敌人的阵线。"

"敌人败走了?"

"敌人守不住阵地,总退却!但是我们一团人差不多完了!团长胸口中了迫击炮,抬回时已经死了!"

静凝眸瞧着这少年,见他的细长眼睛里闪出愉快的光。她忽然问道:

"上阵时心里是怎样一种味儿?"

少年笑起来,他用手掠她的秀发,回答道:

"我形容不来。勉强作个比喻,那时的紧张心理,有几分像财迷子带了锹锄去掘拿得稳的窖藏;那时跃跃鼓舞的心理,大概可比是才子赴考;那时的好奇而兼惊喜的心理,或者正像……新嫁娘的第一夜!"

静自觉脸上一阵烘热。少年的第三种比喻，感触了她的尚有余痛的经验了，但她立即转换方向，又问道：

"受了伤后，你有什么感想呢？"

"没有感想。那时心里非常安定。应尽的一份责任已经做完了，自己也处于无能为力的境地了；不安心，待怎样？只是还不免有几分焦虑；正像一个人到了暮年时候，把半生辛苦创立的基业交给儿孙，自己固然休养不管事，却不免放心不下，唯恐后人把事情弄坏了。"

少年轻轻地抚摸自己胸前的伤疤，大似一个艺术家鉴赏自己的得意旧作。

> 静女士作为小资产阶级知识青年的女性代表，自幼有温馨的母爱，在恬静的家庭生活中长大。在接触社会现实时，这个毫无思想准备的女性遭遇了精神世界的三次幻灭，看似偶然，实则必然。请结合当时的社会现实和历史发展趋势，谈一谈静女士遭遇三次幻灭的必然性。从这三次幻灭的经历，你认为静女士会接受教训吗？静女士会从思想深处反省自己吗？

动摇(节选)

中篇小说《动摇》是茅盾作品《蚀》的三部曲之一(另外两部是《幻灭》和《追求》),写的是大革命时期武汉附近一个小县城的故事,反映了那一时期政治风云变幻中复杂激烈的阶级斗争和各色人物的心理状态。其中有革命者,有广大的群众力量,有搞投机破坏的地主豪绅,还有其他具有不同政治态度和性格特点的人物,他们共同构成了一幅特殊时期下的多彩的历史画面。其中刻画得最成功的主人公是方罗兰,表面稳重、成熟、冷静,其实摇摆不定、性格懦弱。当革命遇到挫折的时候,他不但束手无策,而且为了个人的安全,竟然决定离开革命。作品对"积年的老狐狸"胡国光这个人物作了比较充分的描写,他混进革命阵营,以伪装的面具掩盖其投机破坏的行为。对于革命者李克,虽然用墨不多,但勾勒出了他的敏锐果断、不屈不挠的革命精神。

一天过去了，很快又很沉闷地过去了。

愁云罩落这县城，愈迫愈近。谣言似乎少些，事实却亮出来了。县长派下乡的警备队，果然把西郊农协的执行委员捉了三个来，罪状是殴逐税吏，损害国库。县农协在一天内三次向县署请求保释，全无效果。接着便有西郊农协攻击县长破坏农民运动的传单在街上发现。接着又有县农协、县工会、店员工会的联席会议，宣布县长举措失当，拍电到省里呼吁。接着又有近郊各农协的联合宣言，要求释放被捕的三个人，并撤换县长。

目下是炎炎夏日当头，那种叫人喘不过气来的烦躁与苦闷，实亦不下于新春时节的冽凛的朔风呵！

宣言和电报的争斗，拖过了一天。民众团体与官厅方面似乎已经没有接近的可能，许多人就盼望党部出来为第三者之斡旋，化有事为无事。县党部为此开了个谈话会，举出方罗兰、胡国光二人和县长交涉先行释放西郊农协三委员；但是县长很坚决地拒绝了。当胡国光质问县长拘留该三人究竟有何目的，县长坦然答道：

"因为他们是殴辱税吏，破坏国税的现行犯，所以暂押县公署，听候省政府示遵办理。决不能亏待他们。"

"但他们担任农运工作，很为重要，县长此举，未免有碍农运之发展。"

方罗兰撇开了法律问题，就革命策略的大题目上发了质问。

回答是:"该农协依然存在,仍可进行工作。"

似乎县长的举动,不是完全没有理由的了;方、胡二人无从再下说词。

县党部的斡旋运动失败后,便连转圜的希望都断绝了;于是这行政上的问题,渐有扩展成为全社会的骚动的倾向。农协和工会都有进一步以行动表示的准备,而县党部中也发生了两派的互讦:胡国光派攻击方罗兰派软弱无能,牺牲民众利益,方罗兰派攻击胡国光派想利用机会,扩大事变,从中取利。

全县城充满了猜疑、攻讦、谣诼、恐慌。人人预觉到这是大雷雨前的阴霾。

在出席县农协、近郊各农协、县工会等等社会团体的联席会议时,胡国光报告县党部斡旋本案的经过,终之以很煽动的结论:

"县长将本案看得很轻,以为不过拘押了三个种田人,自有法律解决,不许民众团体及党部先行保释,这便是轻视民众!各位,轻视民众,就是反革命。反革命的官吏,唯有以革命手段对付他!民众是一致的。最奇怪的是党部里也颇有些人以为本案是法律问题、行政事务,以为社会团体及党部不必过问,免得多生纠纷;这些主张,根本错误,忘了自己责任,是阿附官厅,牺牲民众利益的卑劣行为。民众也应当拿革命手段来打倒他!"

就像阴霾中电光的一闪,大家都知道下面接着来的是什么东西;大家都知道胡国光所谓"革命手段"是什么意义,大家都知道胡国光所谓党部中也颇有些人是某某,大家又知道农协和店员工会近来急急准备的是什么事。虽然城里各街市不过多了些嘈杂的议论,但人人都感觉得雷云从近郊合围,不但笼罩了这县城,不但已见长空电闪,并且隐隐听得雷声了。

然而县长也出了告示:

> 西郊农协委员某某等三人煽动乡民,殴逐税吏,破坏国税……本县长奉政府明令制止轨外行动……现某某等三人在署看管,甚为优待,……自当静候省政府示遵办理……如有胆敢乘机生事,挑拨官厅与人民之恶感,定当严厉查办……至于聚众要挟,掀弄事变,本县长守土有责,不能坐视,唯有以武力制止……

告示的反响是县党部及人民团体内的胡国光派更加猛力活动。各团体联衔发表宣言,明白攻击县长为反革命,并有召集群众大会之说;县党部亦因胡国光的竭力主张,发了个十万火急电到省里去。

翌日清晨,周时达跑到方宅,差不多把一位方罗兰从床上拖起来,气急败丧地说道:

"今天恐怕有暴动。县长已经密调警备队进城。你最好躲开。"

"为什么我要躲开呢?"

方罗兰慢慢地问，神色还很泰然。

"胡国光派要和你捣蛋，你不知道吗？昨晚我从陆慕游口里听出这层意思。慕游近来完全受胡国光利用。不过他公子哥儿没有用，也没有坏心思。可怕的是林不平一伙人。"

"我想他们至多发传单骂我而已。未必敢损害我的人身安全。时达兄，谢你厚意关切，请你放心。我是不躲开的。"

"你不要大意。胡国光有野心。他想趁这机会鼓起暴动，赶走了县长，就自己做民选县长。他和你不对，他已经说过你阿附官厅，你是很危险的。"

周时达说得很认真，他的肩膀更摇得起劲。方罗兰不能不踌躇了，他知道所谓警备队，力量原是很小的，警察更不足道，所以胡国光派如果确有这计划，大概是不难实现的。

"陈中说起你们早就想办胡国光，为什么不见实行呢？现在是养虎遗患了。"周时达很惋惜地再接着说。

"就为的发生了县署捉拿农协委员的事，把那话儿搁起来了。"

又再三叮嘱赶快躲开，周时达匆匆走了。方太太只听了后半段的话，摸不着头脑，很是恐慌。方罗兰说了个大概，并且以为周时达素来神经过敏，胆小，未必形势真像他所说那样险恶。

"我只听得他连说赶快躲开，"方太太笑了笑说，"倒很着急，以为是上游军队❶逼近来了。原来是胡国光的事，我看来

---

❶ "上游军队"是指当时的反革命的夏斗寅的部队——作者原注。

不很像。"

"上游军队怎样？"

"那是张小姐昨天说起的。她有个表兄刚下来，说是那边已有战事；但是离我们这里还有五六百里水路呢！"

的确是眼前的事情太急迫了，五六百里外的事，谁也不去管它，所以方罗兰淡然置之，先忙着要去探听胡国光派的举动。他跑了几处地方，大家都说周时达神经过敏，胡国光绝没有这么大胆。后来在孙舞阳那里，知道农民确在准备大示威运动，强迫县长释放被捕的三个人。大概县长已经得了这风声，所以密调警备队自卫。

然而孙舞阳却也这么说：

"胡国光这人，鬼鬼祟祟的极不正气；我第一次看见他，就讨厌。都是上次的省特派员史俊赏识他，造成了他的势力。我看这个人完全是投机分子。史俊那么器重他，想来可笑。省里来的特派员情形隔膜，常常会闹这种笑话。只是你们现在又请省里派人了，多早晚才能到呢？"

"电报是大前天发的，"方罗兰回答，"不是明天，就是后天，可望人到。这也是胡国光极力主张，才发了这个电。"

孙舞阳忍不住大笑起来。她说：

"胡国光大概是因为上次省里来人大有利于他，所以希望第二次的运气了。但此次来者如果仍是史俊，我一定要骂他举用非人；胡国光就该大大地倒霉了！"

方罗兰很定心地别了孙舞阳,便到县党部。凑巧省里的复电在十分钟前送到。那复电只是平平淡淡的几句话,说是已令刻在邻县视察之巡行指导员李克就近来县调查云云。方罗兰不满意似的吐了一口气。县里的事态如此复杂严重,一个巡行指导员能指导些什么?

当天黄昏,县长密调的警备队有五十多人进城来,都驻在县公署。

一夜过去,没有事故发生。但是第二天一早,有人看见县署左近荒地里躺着一个黄衣服的尸体。立刻证明是一个童子团,被尖刀刺死的。纠察队当即戒严,童子团都调集在总部。宣传已久的示威大会,在下午就举行。久别的梭标队又来惹起那些看不惯这种怪样的街狗们的狂吠了。

大会仍旧在城隍庙前的空地上举行。近郊的武装农民、城里的店员、手工业工人、赶热闹的闲人,把五六亩大的空场挤得密密层层。胡国光自然是这个大会的主角。他提议:一为死者复仇,严搜城中的反动派;二要求县长立即释放被捕的三个人。热烈的掌声才一起来,会场的一角忽然发生了鼓噪,几个声音先喝"打",随即全会场各处都有应和。

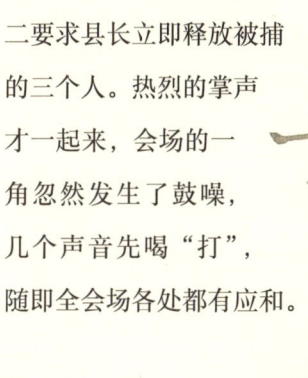

呐喊和嚷哭，夹着尘土，着地卷起来，把太阳也吓跑。胡国光站在两张桌子叠成的主席台上，也有些心慌。他催着林不平赶快带纠察队去弹压。他在台上看得很明白，全会场已然分为十几区的混战，人们互相扑打，不知谁是友谁是敌。梭标铁尖的青光，在密集的混乱的人层上闪动；这长家伙显然无用武之地。嚷喊扑打的声音，从四面逼向主席台来，胡国光可真是有些危险了。

纠察队散开后，主席台前空出了一点地位；几个躲避无路的妇女就涌过来填补了这空隙。忽然一彪人，约有十多个，不知从什么地方打出来，狂吼着也扑奔主席台来。胡国光急滚下台，钻在人堆里逃了。妇女的惊极的叫声，很尖厉地跳出来。地下已经横倒了一些人，乱窜乱逃的人们就在人身上踏过。

等到梭标朋友们挣脱了人层的束缚，站在混斗的圈子外要使用那长家伙时，警察和警备队也赶到了，流氓们已经大半逃走，纠察队和群众捉住了三四个行凶者。群众打伤了十多个，主席台边躺着一个女子，花洋布的单衫裤已经扯得粉碎，身上满是抓伤的紫痕。有人认识，她就是解放妇女保管所的钱素贞。

事变过后半点钟光景，最热闹的县前街由商民协会命令罢了市。到会的农军都不回去，分驻在各社会团体担任守卫。同时，不知从哪里放出来的两个相反的谣言传遍了全城：一是说农民就要围攻县署，一是说警备队要大屠杀，说反动派捣乱会场是和县长预先沟通的，所以直待事后方来了几个警备队，遮掩人们的耳目。

全县城渗透了恐怖。暮色初起，街上已经像死一般没有行人。市民们都关好了大门，躲在家里，等待那不可避免的事情的自然发展。

午夜后，人们从惊悸的梦魂中醒过来，听见猫头鹰的刷刷的凄厉的呼声；听见乌鸦的成群的飞声，忽近忽远的聒噪不休的哑哑的叫声，像看见了什么可怕的东西，不敢安眠在树顶。

太阳的光波再泻注在这县城的各街道，人们推开大门来张望时，街上已是满满的人影；近郊的武装农民就好像雨后的山洪，一下子已经灌满了这小小的县城。似乎"围攻县署"之说，竟将由流言成为行动。

县公署的全部抵抗力只有不满一百名的警备队，仅能守卫县署。和城里大多数人家一样，县署大门也是关闭得紧紧的。

武装农民包围了县署后，就向正在开临时紧急会议的县党部提出两个条件，请转达县长。第一条件是立即释放被捕已久的三个人，第二条件是县长引咎辞职，由地方公团暂为代行职权。

——胡国光有野心，他要乘这机会，自己做县长。

这几句周时达的话，又浮现在方罗兰脑皮上了。他向胡国光看了一眼，见这黄瘦脸的人儿很得意地在摸胡须。方罗兰的目光又移到林子冲和彭刚的脸上，也看见同样的喜气在闪耀。多数显然是属于胡国光一边。

茅盾曾经在一篇文章中提到,《动摇》里面没有主人公,方罗兰也不是全篇的主人公。小说里的人物既有作为革命联盟的国民党县党部负责人方罗兰,也有混入革命内部的胡国光,还有革命者史俊与李克。结合小说的主题,你认为你心目中的主人公是谁?请阐述理由。

《动摇》作为《蚀》的三部曲之一,作者用小资产阶级知识分子心路历程这独特角度来反映大革命,丝毫没有回避历史事实。结合当时的社会背景,你认为作者这么写的目的是什么?

有志者(节选)

    《有志者》是一篇短篇小说，发表于1935年。这篇小说主要批判了那些爱慕虚荣而又志大才疏的小资产阶级知识分子。小说主要有几个特点：第一是选材很有特点。作者没有选取大时代中的生活一角，也没有刻意表现重大社会内容，而是选取了当时乃至现在比较常见的材料——关于立志的故事，但可以揭示社会生活的一些本质。第二是小说采用了多种手法刻画人物。运用了语言描写、心理描写和细节描写等，把人物形象刻画得形神兼备，展现了人物的立体性格，富有艺术感染力。第三是反语修辞的运用。作者运用反语，把篇名中的"有志"与人物的行为形成了鲜明的对比，从而凸显出小说主人公空"有志"却不务实的人物形象，使读者能体会和回味其语言的辛辣和幽默。

三

过了几天，他居然独个人住到庙里去了。庙就是从前他恋爱"发祥"的那座庙，可不在山里，而在小小的乡镇。他分了三分之一的家用——四十块钱，预计要在这庙里住上六个星期。

第一天是要布置出一个适宜于"创作"的书房来，一眨眼便已经天暗。他也累了，朝一盏美孚灯呆坐了会儿，听听窗外草里的络丝娘，自觉的"灵感"还没来，就上床睡觉。

他有梦。当然是"创作"成功的梦。他读过孙博翻译的《沉钟》。他知道剧中的铸钟匠亨利那口钟就是"伟大的艺术"的象征。他坚信着自己这见解，谁要说他解释错了，他就要吵架。现在他梦中就看见他的"艺术的大钟"居然成功，而且没有掉在湖里，却高高地挂在庄严华丽的钟楼上。而且他亲手拿着檀香的大杵，凛凛然撞这口"艺术的大钟"了。

洪……洪……洪……

他梦中笑醒来还听得这庄严的钟声在耳边响。他揉了揉眼睛，把小指头放到嘴里轻轻咬一下。不错，他感觉得痛，他不是在梦中。但是那钟声明明从窗外飞来：洪……洪……"当真和拜伦一样，我一觉醒来就看见自己是文坛名人了吗？"他这样想着，就赶快穿衣下床。这当儿，他的脑细胞一定是下了紧急全体动员令了；他平日读过的一切外国（自然没有中国）文豪成功史都一齐涌现来了。他眼前突然来了大仲马的比皇宫还富丽些的Monte-Cristo，他便立刻拿定主意他决不像大仲马那样做孟尝君他也许一星期请一次客——咳，在他的Monte-Cristo请一次客，然而决不让比他次等的文人天天来揩油。而且也许他要养几条狗防贼，可决不能让他的狗带进半条野狗来帮着吃。不，一百个一万个不！他可不能像大仲马那么糊涂！

"不！"他跳下床在那破碎的方砖上顿一脚。像踏着了火砖似的，他的脚立刻缩起来，双手抱住了。他还没有穿袜子，破方砖刺痛了脚底心了。他抱着痛脚倒在床里，无端地哈哈狂笑。

洪……洪……洪……钟声还是一句句响着。

他揉着那只痛定了的脚，渐渐想起这是庙里的老和尚撞大殿上那口钟罢，便觉着有点扫兴。于是穿上袜子，趿着鞋皮，小心踏在那些破碎的方砖上，推开了一扇窗，他就唤小和尚打脸水。

到乱草野花的石阶上站了一会儿，他就信步踱出庙门来了。一边踱着，一边就心里打起算盘来。庙里一个半月的租钱——不，香金，去了十块。茶水灯火在内。倘使带一份斋，那么按日三毛大洋，三三得九，一三是三，三五十五，——哦哦，该是十三块五角罢，当然轻而易举，但是，但是——他是为"创作"而来的，用脑的，总不成餐餐豆腐青菜会产生出雄伟浓艳的作品，好在镇上有的是小馆子，新鲜的鱼虾，肥嫩的鸡鸭，每天花上——唉，小镇里的物价总不至于贵到哪儿去。

他挺了挺胸脯，觉得自己的思虑真是周密之至。

"不过这会儿是早饭呀，该吃点什么好呢？"走进了市廛的时候，他猛可地这么想起。他站住了向街上街下张望着，原来有小馆子也有带卖点心的茶馆。他就自然而然跑进了茶馆去。"按照卫生，早上不宜荤腥油腻，品一会儿茗提提神是好的，"——他给自己的行动解剖出坚实的学理。

然而因为茶，他就联想到咖啡。对不起，他在家里并不是每天早上都有咖啡喝的，——不，简直一星期一次也没有。不过此番是大规模地来潜心"创作"，应当备一点咖啡。对了，咖啡是不可少的。不是巴尔扎克的《人间喜剧》全仗了二万几千杯咖啡？

"哎，哎，怎么从前就忘记了呢！损失！天大的损失！不然！我的杰作早已产生了，何待今日！"捧着茶杯的他这样想

就喝了一口,同时他又喊了一客葱花猪油烧饼和一客肉馒头。

四

夫人将他指定要的黑咖啡买好寄了来时,已经是他在庙里的第四个黄昏。三天来他的生活很有秩序;早上吃茶,半小时;午饭晚饭,要是碰到闹汛,那就费掉一个钟头也还算幸气。余下的时间就是摊好原稿纸坐了下去。捧着脑袋构思了一会儿,好像"灵感"还没来,便点起一支香烟催一催;坐着抽烟又好像不得劲,便躺到床上去,也照例制些烟泡泡儿;于是再坐到原稿纸面前去。再捧着头,再点着烟,再到床上躺一会儿。这是刻板的。有例外,便是在两支香烟中间偶然不回到原稿纸面前去,而到房外那乱草天井中踱这么一刻钟二十分。

这样秩序井然过了三天,原稿纸撕掉过十几张,但是摊在书桌上的原稿纸依然只标着一个大大的"一"字。

这怪得他吗!夫人还没把黑咖啡寄来呢!这个责任自然是夫人负的!

然而现在黑咖啡终于寄到了,他的脑细胞又立刻下了全部紧急动员令。他一面在美孚灯上烧咖啡。一面就把生平听到的外国大文豪的轶事一股脑儿想起:司各德一个早晨要写二三万字呢!丹农雪乌白天骑马游玩,晚上开夜工,二十万言的小说也不过一星期就脱稿呢!——"哈哈!咖啡!咖啡万岁!"他不期然喊出了口。

那一晚,他开了第一次的夜工。

似乎黑咖啡当真有点魔力的。他坐在原稿纸前面不到十分钟,便觉得文思汹涌,仿佛那未来的"杰作"的全部结构蓦地耸现在他脑子里;"哈,原来早已成熟了在那里!"——他夹忙中还能自己评赞了一句。他像大将出阵似的撸起袖子,提起笔来,就准备把那"原来早已成熟了的"移到纸上去。他奋笔写了一行。核桃大的字!然而,然而,干吗了?脑袋里"早已成熟了的"东西忽然逃走!真有那样没耐心多等一会儿的!

于是他不能不捧着脑袋了,不能不搁笔了。约莫又是十分钟。他听得络丝娘在窗外草堆里刮拉刮拉,多么有劲,他又听得金铃子吉令令地摇着金铃。他脑子里的"杰作"的形体渐渐又显形。他眼睛里闪着光芒,再奋起他的fountain pen❶又是核桃大的字,然而,不到半行,猛可地腿上来了一锥,他反射作用地拍的一下,半手掌的红血!就在这当儿,脑子里的东西就又逃走。

现在他觉到占有这书房的,不是他而是蚊子。无数的蚊子,呐喊着向他进攻。他赶快朝桌子底下一看,原来蚊烟香已经被他自己踏熄了。这一定是刚才第一次文思汹涌时他不知足之蹈之闯下了的小小乱子。他只好再搁笔了。再烧起一盘蚊烟

---

❶ fountain pen,英文:自来水笔。

香，于是第二杯咖啡。

照例第二次的东西总得差些。黑咖啡也不能例外自居。他苦苦地要把雾一样的脑膜上的影像捉到纸上去，然而每次只捉得一点点儿，而且那些影像真是世界上最胆怯的东西。络丝娘的刮拉刮拉，金铃子的吉令令，都足够吓它们立刻逃走。第一次的黑咖啡召了它们来时，它们可还不是这样"封建思想"的小姑娘似的！

不过还有第三第四杯黑咖啡。

不过第三第四杯黑咖啡的效力一定还得依次更差些！

而且美孚灯也要宣告罢工了，灯焰突突地跳，跳一跳便小一些。

他的一双眼睛也有点不听指挥，他轻轻叹一口气站起身来，看看原稿纸，还是第一张，十来行核桃大的字；看看地上，香烟屁股像窗外天空的星！

很委屈地躺在床上的时候，十分可惜那第一杯黑咖啡召来的第一次"灵感"没有全数留住。"怪不得人家说汉字应当废除呢！要不是为的笔画太多，耽搁了工夫，我那第一次的想象岂不是全可以移在纸上吗？——至少是大部！"他这样想着，翻一个身。

"听说西洋的大文豪，比如伊伯尼兹吧，从来不作兴自己动笔的；他们有女打字。他们拿着咖啡杯，一面想，一面口说，女打字就嚓嚓地打在纸上。对呀，说比写快，打字又跟说

一样快,那自然灵感逃不走!要自己写,还要那样麻烦的汉字,真太不像话呢!"他一面搔着腿上背上的蚊虫疤,一面这么想着,觉得有点悲哀了。

但是再翻一个身,他的悲哀便又变为愤怒。都是受了生活压迫的缘故使他不得不在暑假"创作",使他不得不来在这草镇破庙受蚊虫叮,而且使他没有女打字!要是他此番当真还是"创"不成"作",那责任该当由"生活"由社会去负,他是被牺牲了的,他有什么错呢!

他诅咒又诅咒,终于在诅咒中睡了去。

作为小资产阶级知识分子的主人公，一直在立志，想成为巴尔扎克那样的大文豪，但遗憾的是，五年后他还只是创作了不到五千字。不过，小说中的主人公再次下定决心，要完成他的"杰作"。从作者的创作意图看，你认为主人公最后能完成他的"大抱负大计划"吗？请作简要分析。如果请你续写该小说，你将如何完成？

我的中学时代及其后

> 茅盾是中国文学史上著名的"白话文运动"的倡导者之一,他是最早一批倡导用白话文来写作的作者,并通过自己的创作实践,推动了中国现代文学的发展。
>
> 早年茅盾就读于苏州中学,是该校著名的"七老"弟子之一,这些学生都在文学和思想方面表现出色。他还加入了学校的文学社团,并开始创作小说、诗歌和戏剧等文学作品。其中,他的诗歌曾获得了当时的一些文学奖项,使他在文学界逐渐有了一定的声誉。同时,茅盾在学生期间还积极参加了一些进步的政治活动,这些经历也影响了他后来的文学创作和思想发展。
>
> 总的来说,茅盾在求学期间就表现出了文学才华和积极的思想意识,这些经历也为他后来的文学创作和社会活动奠定了基础。

时常这么想：如果我现在又是个中学生，够多么快活！我时常希望在梦中我居然又是中学生：我居然又可以整天跑、嚷、打架，到晚上睡在硬板铺上丝毫不感困难地便打起鼾来；居然又可以熬整夜预备大考把大捆的讲义都强记着，然后又在考试过后忘记得精光；居然又可以坐在天桥上和同学们毫无顾忌地谈自己的野心，幼稚地然而赤诚地月旦人物。呵呵！热烈愉快的中学生时代！前程远大的中学生时代！在那时，如果有谁不觉得整个世界是他的，那他一定不是好中学生，我敢说！

然而我始终未尝在梦中再为中学生，甚至中学时代的同学也不曾梦见半个。不过是十多年呢，然而抵得过一百年的沧桑多变的这十多年，已经去的远远，已经不能再到梦中来使我畅笑，使我痛哭，使我自负到一定要吞下整个世界！

是的，吞下整个世界！是中学生，一定得有这个气魄！有一个挨得起饿，受得起冻，经得起跌打的身体，有一个不怕风吹，不会失眠，不知道什么叫作晕眩的脑袋，还有，二三十年大好的光阴，原封不动地叠在他前面，他自己将来的一切，社会将来的一切，人类将来的一切，都操在我手里，都等待他去努力创造，他怎么可以自己菲薄？

遇到了年轻的朋友时，我总喜欢听他们谈他们的中学生生活。听到了他们这时代所特有的斗争生活的紧张和快活，我常常为之神往；再听到了他们这时代所特有的青年的苦闷，我又常常为之兴奋而惆怅。不错，现代的青年，尤其是前程远大的宝贝的中学生，都不免有些苦闷，都曾经有过一度的苦闷；始终不感得此苦闷者，若非"超人"，便是浑浑噩噩的傻瓜。超人非此世所有，因而只有好中学生才会有苦闷，有一时的苦闷罢？这是我们当此受难时代所不得不经过的"洗礼"呀！时代的特征就是每一个有造化的青年必得经过一度苦闷。应该欢迎这苦闷，然后再战胜这苦闷，十分元气地要吞下全世界似的向前向前，干着干着，创造你自己将来的一切，社会将来的一切，和人类将来的一切吧！

斗争的生活使你干练，苦闷的煎熬使你醇化；这是时代要造成青年为能担负历史使命的两件法宝。

在我的中学生时代，却没有福气来身受这两件法宝的熏陶。相差不过十多年呀，然而我的中学生时代是灰色的平凡的，只把人煨成了恂恂小丈夫的气度。在我的中学生时代，没有发生过一件事情使我现在回想起来还感受着兴奋和震荡。也许就是为此我始终不再梦见我的中学生时代了。

我的中学时代是灰色的，平凡的；没有现在的那许多问题要求我们用脑力思考，也没有现在的那许多斗争来磨炼我们的机智胆略。学校生活的最大的浪花是把年轻的美貌的一年级同学称为 Face 而争着和他做朋友，争着诌七言的歪诗来赞颂他，或是嘲笑那些角逐中的对方。我经历过浙西三府的三个中学校，如果一定要找出这三个中学校曾经给予我些什么，现在心痛地回想起来,是这些个:书不读秦汉以下,骈文是文章之正宗;诗要学建安七子;写信拟六朝人的小札;举止要风流潇洒;气度要清华疏旷,当时固然没有现在那些新杂志新书报,即使也有一二种那时所谓新的,我们也视为俗物,说它文章不通,字非古义。在大考时一夜的"抱佛脚"中,我们知道了欧洲有哪些国,哪些战争,和中国有哪些条约,有所谓法国大革命,拿破仑,普法战争,日俄战争,然而我们照例是过了大考就丢在脑后去了。世间有所谓社会科学,我们不知道,且也不愿意去知道。是在这样的畸形闭塞的空气中,我度过了我的中学生生活,这结果使我现在只能坐在这里写文章,过所谓"文士生涯"。

那时我们亦无所谓"苦闷"。苦闷的人是有福的,因为这是思想展开到某种程度的征象。因为通过了这一时期的苦闷,他的思想就会得确定,我将无往而不勇敢,而不愉快。我们的中学生时代却只有浑噩,至多不过时或牢骚,一种学来的牢骚:太息于前辈风流不可再见,叔季之世无由复闻"正始之音"那种无聊的非青年人所宜有的牢骚。

中学毕业的上一年,"辛亥革命"来了。住在沪杭铁路中段,每天可以接读上海报纸的中学生的我们,大概也有些兴奋吧？大概有一点。因为我们也时常到车站上买旅客手里带着的上海报，并且都革去了辫子。然而这兴奋既无明确的意识的内容，并且也消灭得很快。第一个阳历元旦，在府学"明伦堂"上开了什么市民大会一类的东西，有一位，本来是我们这中学的校长且又是老革命党而又新任什么军政分府，演说"采用阳历的便利"；那天会里，这是唯一的演说。现在我还依稀记得的，是他拿拳头上指骨的凸出处来说明阳历各月的月大月小。如果说我在中学校曾经得了些新知识，那恐怕只有这一件事吧？

后来我又进过北方某大学，读完了三年预科，我还是我，除了多吃些北方的沙土，并没新得些什么，于是我也就厌倦了学校生活了。

现在，三十许的我：在感到身体衰弱的时候，在热血喷涌依然有吞下整个世界的狂气的时候，每每要遗恨到我的中学生时代的"太灰色""太平凡"了。我总觉得我的"太平凡""太灰色"的中学生时代使得我的感情理智以及才能，没有平衡的发展，只成了不完具的畸形的现在的我。时代不让我的青年时代，最可宝贵的中学生时代，在斗争的兴奋和苦闷的熬炼中过去，不让我有永远可以兴奋地回忆着的青年时代的生活的浪花，这也许就是所谓早生者的不幸吧？

这也就是为什么我时时有这样的感想：如果我现在又是中学生，该多么快活！好像是一个失败的围棋手，在深切地认知了过去的种种"失着"以后，总想要再来一局，而又况我的过去的"失着"都好像罪不由己,都好像是早生几年者该得的责罚似的。

相差不过十多年呢,然而在现今这大变化的时代作中学生是幸福的!各种的思潮都在你面前摊开,任由你凭着良心去选择,很不像我的中学生时代只能听到些"书不读秦汉以下"一类的话语。学校生活不复是读死书,而是紧张地不断地斗争,还有社会的活动。这些,这些,多么能够发展你的才具,充实你的生活!历史的大轮子正在加速度转进,全世界的人类正在唱着伟大的进行曲,你们,现代的中学生,躬逢其盛地正好把年富力强的数十年光阴贡献给社会给人类!历史需要着成千成万的中学生青年来完成光荣的使命!谁觉得出了中学校的大门便没有路走,那他不是傻瓜便是软骨头!

历史的悲壮剧的展开是数百年而始得一见的,青春,中学生时代,人生也只有一次;正在青春而又正在前程无穷的中学生时代,而又躬逢数百年一见的历史的悲壮剧的展开,而或又更幸而未生在富贵家庭被捧在掌里含在嘴里做活宝贝,这真是十全的"八字",应该不要辜负,应该不要自暴自弃,应该比什么人都兴高采烈些!

只有不幸而生于富厚之家被捧在掌里含在嘴里做活宝贝烘软了骨头的现代青年,才是很不幸地只配在历史的大轮子下被碾成肉泥!

这样的不幸儿是可怜的,他没有自由的身体,他没有选择

他的生活的自由,他就不配有吞下整个世界的豪气。

我很庆幸我没有被捧在掌里含在嘴里当作活宝贝,所以虽然我的中学时代是那样的灰色平凡,从那样的陈腐闭塞几乎将我拖进了几千年的古坟里去,可是历史的壮潮依然卷我而去,现在我还坐在此间写这一篇文字。但是我依然羡慕着现今为中学生的幸而不被捧在掌里含在嘴里当作活宝贝的年轻的朋友。呵呵!尚在中学校或将出中学校的年轻的朋友呀,不要以为你是一个小小的中学生看着那庞大混杂的社会而自惭形秽,不是这么的,正因为你是个寒苦的中学生,你的骨头尚未为富贵禄利所熏软,你有好身体,你有坚强的意志,你肯干,你是无敌的,你刚在入世,你有年富力强的二三十年好光阴由你自己支配,你自己将来的一切,社会将来的一切,人类将来的一切,都操在你手里,都等待你去努力创造呢!

自然在你创造的途中有些困难等着你,但是你总不至于忘记了"不遇盘根错节,无以见利器"的古语;也许你在创造的途中丧失你个体的存在,但是你总可以想见富家的公子常常会碰到绑匪,或者是吃得太多送了性命!

三十年代照例是新历史的展开期,前程远大的,什么都足以骄人的中学生呀,新时代在唱着进行曲欢迎你,欢迎你!

读与思

从文中可以看出,即使是茅盾这样的大作家,也对自己的过去有所遗憾,恨不能重来一次人生,再回到过去那个快活的学生时代。那么你对自己的过去和未来抱有怎样的感想呢?

霜叶红似二月花（节选）

《霜叶红似二月花》是茅盾后期的代表作，也是茅盾众多小说中比较特别的一篇，它不再紧跟时代的步伐，讲述当时社会背景下的故事，而是特地与历史拉开距离。小说以"五四"前的江南村镇为背景，描写了新兴资本家和豪绅地主之间的勾心斗角、相互倾轧以及与农民的尖锐矛盾，中间还穿插了几对青年男女的感情纠葛，广泛地反映了那个时代的社会生活，是一部富有民族特色风格的佳作。在20世纪40年代，作者完成了小说的前十四章，在"文化大革命"后完成续稿，虽然最后没有完稿，但还是能从中看到作者历经磨炼之后对传统文化价值的审视。茅盾对这个书名的含义曾作过如下解释：这部书是写一群具有民主主义思想的青年知识分子，他们有反封建的斗争性和坚决性，但他们不是彻底的革命者，他们只是霜叶而不是红花。

瑞姑太太的到来，使得张府上那种枯燥沉闷的生活起了个波动。从老太太以至恂少奶奶，都像心头凭空多出了一件什么东西，洗一个脸，开一顿饭，也像比往常兴头些了；可是兴奋之中，不免又带几分不安，似乎又怕他们自己向来不敢碰触的生活上的疮疤会被心直口快的姑太太一把抓破。

姑太太这次的来，在张府颇感突兀。农历新年，那位钱少爷来拜年，曾说姑太太打算来过灯节，老太太因此曾叫陈妈把东院楼下靠左边那间房趁早收拾妥当。但是清明也过去多时，姑太太只派长工李发送了端午节的礼物来，还说是因为少爷出门去了，姑太太的行期大概要展缓到秋凉以后。却不料正当这末伏天气，姑太太忽然来了，事先也没有个讯。这可就忙坏了张府的上上下下，偏偏地祝姑娘又被她丈夫逼回家去了。顾二只能张罗外场，内场要陈妈一人招呼，这婆子即使退回十年的年纪也怕吃不消；所以今天一早老太太就差小荷香到黄姑爷家去借他们的老妈子来帮忙，带便就请婉姑奶奶也来玩几天。

只有恂如一人游离在全家的兴奋圈子以外。

九点钟了，他还躺在床上，这时三间大厅楼上一点声响也没有，人们倘不在东院陪着姑太太，就一定在厨房里忙着安排酒菜，这样的清静，正合恂如的脾气，可不知为什么，他又感到一点寂寞的威胁。早上的凉气，像一泓清水，泡得他全身没一点劲儿，可是七上八落一些杂乱的念头，又搅得他翻来覆去，想睡又睡不着。隔夜多喝了几杯酒，此时他头脑还有些发胀，心口也觉着腻烦。他侧着身，手指无聊地刮着那张还是祖太爷手里传下来的台湾草席，两眼似睁非睁瞧着蚊帐上一个闪烁不定的小小的花圈；看了一会儿，悯然想道："为什么卧房里要放着那么多的会反光的东西？为什么那一个装了大镜门的衣橱一定要摆在窗口，为什么这衣橱的对面又一定要摆着那个又是装满了大小镜子的梳妆台？为什么卧床一定要靠着房后的板壁，不能摆在房中央？——全是一点理由也没有的！"他无可奈何地皱了眉头，翻身向外，随手抓起身边的一把鹅毛扇，有意无意地扇了几下，继续悯然想道："并不好看，也不舒服，可是你要是打算换一个式样布置一下，那他们就要异口同声来反对你了。"他冷笑一声，没精打采地举起那鹅毛扇来，又随手扔下，"为什么？也是一点理由都没有的。不过他们却有一句话来顶住你的口：从没见过这样的摆法！"他觉得浑身暴躁起来了，又翻一个身，嘴里喃喃念道："从没见过！好一个从没见过呵！可是他们却又不说我这人也是从没见过的，可不是我也是不应该有的吗？"他粗暴地揭开帐门，似乎想找一人出来告诉他这句话。首先使他感到不大舒服的，乃是房里所有的衣箱衣柜上的白铜锁门之类都闪闪发光，像一些恶意的眼睛在嘲笑他；随即他的眼光落在那张孤独地站在房中心的黄梋方桌上——这也是他所不解的，<u>为什么其他的箱柜橱桌都挨墙靠壁，而独有这方桌离群孤立，像一座孤岛</u>？他呼那些依壁而耸峙的箱山为"两岸峭壁"，称这孤零零的方桌为"中流砥柱"。

这"中流砥柱"上一向是空荡荡的,今儿却端端正正摆着四个高脚的玻璃碟子:两碟水果,一碟糕点,又一碟是瓜子。这显然是准备待客的了。恂如这才记起瑞姑太太是昨天午后到来的,自己还没见过。他抱歉地叹一口气,抓起一件绸短衫披在身上,就下床去;正待拔鞋,猛可地房门外来了细碎的脚步声,凭经验,他知道这一定是谁,刚才那一点兴致便又突然冷却,他两脚一伸,头一歪,便又靠在枕上。

恂少奶奶一进房来,也没向恂如看一眼,只朝窗前走去,一边把那白地小红花的洋纱窗帘尽量拉开,一边就叽叽咕咕数说道:"昨夜三更才回来,醉得皂白不分;姑太太今早起又问过你呢,我倒不好意思不替你扯个谎,只好回说你一早有事又出去了;谁知道——人家一早晨的事都做完了,你还躺在床上。"

恂如只当作不曾听见,索性把刚披上身的短衫又脱掉了,他冷冷地看着帐顶,静待少奶奶再唠叨;但也忍不住愤然想道:"越把人家看成没出息,非要你来朝晚唠叨不可,人家也就越不理你;多么笨啊,难道连这一点也看不出!"可是恂少奶奶恰就

霜叶红似二月花(节选)

不能领悟到这一点。遇事规劝而且又不厌琐屑，已经是她的习性，同时又自信是她的天职。当下她见恂如毫无动静，就认为自己的话还不够分量；她走到那方桌边坐下，拿起水烟袋来，打算抽，却又放下，脸朝着床，又用那不高不低，没有快慢，像背书一般的平板调子继续说道："昨天下午三点多，姑妈到了，偏偏你不在家。家里人少，又要收拾房间，买点心叫菜，接待姑太太，又要满城去找你，店里宋先生也派了赵福林帮着找。城里的亲戚和世交家里，都去问了，都不见，都说大热天你到哪里去了，真怪。挨到上灯时光，还不见你回来，真急死人，还怕你遇到什么意外。倒是宋先生说，意外是不会有的，光景是和什么三朋四友上哪一家的私门子打牌去了，那可不用再找；这些不三不四的地方，宋先生说连他也摸不着门路。等到七点钟才开夜饭，妈妈背着老太太和姑太太抱怨我太不管事，说早该劝劝你，别让你出去胡闹，糟蹋身子；你瞧，我的话你何尝听进了半句！可是我还得替你在姑太太跟前扯谎呢，要是让姑妈知道了，你也许不在意，我倒觉着怪不好意思，人家钱少爷规矩得多哩，姑妈还总说他没有出息呢。"

"嘿哼！"恂如听到末后实在耐不住了，"承情承情，你替我圆什么谎？已经敲锣打鼓，闹得满城风雨了，还说给我扯谎！昨天是王伯申邀我去商量地方上一件公事，倒要你代我扯起谎来了，真是笑话！"

"什么地方上的事情，大热天气，巴巴地要你去管？"少奶奶的口气也越来越硬,"你又不是缙绅,平时闲在家里,不曾见你去管过什么地方上的事,昨儿姑妈来了,偏偏就着忙了,一个下午还不够,骗谁呢,什么屁正经要商量到三更半夜才回来?"

这几句话,却大大损伤了恂如的自尊心。他气得脸色都变了。他"不是缙绅",从没干过一件在太太们眼里看来是正经的事:这是他在家里人心目中的"价值",可是像今儿少奶奶那样露骨地一口喝破,倒也是从来没有的。他睁大了眼睛,看定了少奶奶,觉得"不理"的策略再也维持不下去了——虽然昨天黄昏以后他的确被所谓"三朋四友"拉去胡闹了半夜,但白天之有正经,却是事实,而且晚上所去的地方也不是店里宋先生瞎编的什么私门子,恂如是有理由"奉璧"少奶奶那一顿数说的;可是又一转念,觉得这样的"女人"无可与言,还是不理她省事些,他只冷笑一声,便翻身向内,随手抓取那把鹅毛扇覆在脸上。

好一会儿房中寂静无声。少奶奶叹一口气,站起身来,望着床中的恂如,打算再说几句,但终于又叹口气,向房外去了;同时却又说道:"快起来吧,回头姑妈也许要来房里坐坐,你这样不衫不履,成什么话!"

从脚步声中判明少奶奶确已下楼去了,恂如猛然跳起身来,急急忙忙穿衣服,还不时瞧着房外;好像他在做一件秘密事,生怕被人撞破。他满肚子的愤恨,跟着他的动作而增

高。他怕见家里人，怕见那激起全家兴头的瑞姑太太。"反正他们当我是一个什么也不懂也不会的傻瓜，我就做一件傻事情给他们瞧瞧。"他穿好长衫，闪出房门，蹑着脚走下楼梯，打算偷偷上街去。"再让他们找一天吧。"他一边想，一边恶意地微笑。但是刚走到厅房前的走廊上，真不巧，奶妈抱着他的两岁的女儿引弟迎面来了。那"小引"儿，手捧个金黄的甜瓜，一见了恂如，就张臂扑上来，要他抱。"我没有工夫！"恂如慌忙说，洒脱身便走。不料小引儿又把那金黄瓜失手掉在地下，跌得稀烂，小引儿便哭起来了。恂如抱歉地回过身来，那自以为识趣的奶妈便将小引儿塞在恂如怀里，说："少爷抱一抱吧。"

恂如抱着引弟，惘然走下石阶；受了委屈而又无可奈何的心情，使他的动作粗暴。引弟感到不大舒服，睁圆了一双带泪的小眼睛，畏怯地瞧着她的爸爸，恂如也没理会，惘然走到院子里东首的花坛前站住，慢慢放下了引弟，让她站在那花坛的砖砌的边儿上。坛内那枝缘壁直上的蔷薇蒙满了大大小小的蛛网，坛座里的虎耳草却苍翠而肥大。恂如松了口闷气，重复想到刚才自己的计划，但同时又自认这计划已经被小引儿破坏。他本想悄悄溜出门去，不给任何人看见，让少奶奶她们摸不着头脑，然而此时不但有小引儿缠住他，并且数步之外还有那不识趣的奶妈。他惘然看了小引儿一眼，这孩子却正摘了一张肥大的虎耳蓦地伸手向她父亲脸上掩来，随即哈哈地笑了。恂如也反应地笑了笑，定睛看着这孩子的极像她母亲的小脸。梦一样的旧事慢慢浮上他的记忆：三年前他第一次向命运低头而接受了家里人给他安排好的生活模子的时候，也曾以现在这样冷漠的心情去接待同样天真的笑。而今这笑只能在小引脸上看到了，但这是谁的过失呢？当然不是自己，亦未必是她。……恂如苦笑着抱起小引儿来，在她那红喷喷的嫩脸上轻轻吻了几下，然后告罪似的低声说道："小引，好孩子，和奶妈去玩吧。爸爸有事。"

《霜叶红似二月花》是茅盾继《蚀》之后的又一部力作，也是茅盾用生命在书写的小说，虽然写了两次，但最终仍是残稿。这部小说展现出茅盾"社会剖析型小说"风格的端倪，包含了作者对个体生命的反思以及对生命意义的思考，是对现实主义文学的一种新开拓，在文学史上具有独特的价值和意义。在现代文学史上，这种风格的文学作品很多，你能否举出一例，与本文作比较分析？

第二天

《第二天》一文发表于一九三二年七月的《文学日报》第一卷第二期，后被收录于人民文学社《茅盾散文速写集》中。茅盾先生作为一名普通的作家，在大敌当前之时愤然提笔。其文字中充满了对战争的观察、体验和深切的感受，表达了他的战斗呼喊和与人民同仇敌忾的立场。

虽然医生叮嘱我晚上不宜看书，可是那一夜的十二点左右，我尚在阅读寇丁氏英译的波兰作家显克微支的历史小说《杀人放火》(*With Fire and Sword*)。突然，轰轰的两声，冲破了午夜的寂静。全神都贯注在书上的"杀人放火"的我，略旋起眼睛看一下那紧闭的玻璃窗，便又再看书。早几天，我就听说闸北形势紧张，中日两方面的士兵隔沙袋铁丝网布防，并且当天傍晚我也看见了租界当局临时戒严的布告；但听得了不很

分明的轰轰两声的那时,我当真没有转念到这便是中日两方军队开火,然而轰轰声音又接连而起。我放下手里的书了,辨认出这就是炮声。我开了玻璃窗,又开了玻璃窗外面的百叶窗,夜的冷气迫使我微微一噤。我看天空。没有什么异样。但炮声是更加清晰,还夹杂着机关枪的声音。无疑的是打仗,而且无疑的是中日军队。一种异样的兴奋就布满了我全身;我心里说:

"嘿,到底来了!可惜外边戒严,禁止通行!"

书是不看了,我在房里踱着,设想那开火的结果。平常在街上看见的喂得很壮健的小腿肚就像太阳啤酒瓶粗的日本海军陆战队的形象,对照着那些瘦黄短小的我们的"粤军"都一齐在我眼前出现了。"不抵抗主义"又在旁边冷笑。我几乎要断定那轰轰的炮声以及卜卜的机关枪声只是单方面的进攻——日本军过阴历年"送灶"。到一点钟左右,枪炮声已经沉寂,我就简直断定"送灶"已完,我非常失望了。

第二天早上九点钟方才醒来,就听得飞机的声音在天空中响。"还没完吗?"我一面这样想,就抓起了本天的报纸来看,一行大标题:昨晚日军犯闸北失败!我急急吞完了那密排的详细报告,方才知道我昨晚上的假定是不对了;原来上海毕竟不同于东北,而且瘦小的广东兵也毕竟和关外大汉是两个爷娘养的!

于是接连地来了许多十口相传的"战报"。日本海军司令部已经被我方占领了，上海义勇军下紧急命令了，上海全市罢市了，罢工了，闸北大火烧……记也记不清的许多可信可疑的消息。只有一件事是无可置疑的，在我们头上飞翔示威的五六架飞机全有红圈儿的太阳记号。有了海陆空军总司令，又有海陆空军副司令的我们中国，光景只有十九路军还"抵抗"一下。

非出去看一下不可了。午后一时我跳上了公共汽车。说是"站数"已经缩短，只能开到四川路桥邮政总局门口了。我大为惊愕。设想到四川路桥以北大概是巷战的战场了，我忍不住笑起来。然而却又意外：邮政总局以北，居然如平常一样；只不过商店都关上了排门，行人道上有许多人无目的地走着看着，马路上拥挤着装满箱笼包裹的各式车子，疾驰而来的卡车满载日本兵，都挺着枪，似乎在战场上冲锋，而日本飞机的响声又在我头上来了；一架，两架，三架，尽在那里兜圈子。

到了蓬路，只有朝南走的人，我一个人朝北走，人家都注目。到海宁路转角，瞥见沿马路的一堵墙上有手写的"大日本海军陆战队"的布告。几十人站在海宁路转角处朝北张望。我也挤了进去。前面马路上静荡荡的只有几个便衣的西洋人在那里来回地踱。我们前面也有几个便衣的西洋人阻止任何人朝北再走一步。附近时时传来噼啪噼啪的声响。一个西洋人对我们挥手，说了一个字："Danger（危险）！"我不相信日本的枪弹有眼睛，会刚刚找到了我；但是那几位好像是便衣巡捕的西洋人却真有眼睛，不放任何中国人再往北一步。

我只能转入海宁路的西段了。这时我方才觉得有些小小的东西在空中飞。有一片飞到我身上了，是纸灰。海宁路上有一堆一堆的人都仰脸看着。我也学他们。正北天空，冲起三处黑烟，袅袅地在扩大。日本飞机钻进了那烟阵，又飞出来，只在那里循环地绕圈子。旁边有一个愤愤地说："又在那里掷炸弹了！东洋赤佬的飞机！"

我问明白了那三处黑烟是北站、商务印书馆等三处大建筑的火烧，我也就明白了为什么天空中满是小小的黑色的纸灰。我想了许多方法，走了许多路，企图从海宁路的每一通到华界的街道走进闸北区；可是各处全被阻止，不是租界上的巡捕或万国商团，就是中国兵。同样的理由是："危险！不能过去！"

天渐渐黑下来了，三处的黑烟却越见红！我只好回去。到南京路浙江路转角看见《生活周刊》的号外，大书：张某某率义勇军尚在北车站抗战！下关日本军舰炮轰南京！商务印书馆全部烧毁！而日本飞机又是三架一队地在租界"领空"盘旋示威。

《大美晚报》跟着万家灯火一起来了。有一点似乎无可置疑：日本军的进攻遇到了抵抗，而且大败，但没有被追；租界的尊严的"中立性"使得打败的日本陆战队能够回去吃饭睡觉休息，准备今天晚上再动手。可是晚上"休息"着的日本飞机今天却放硫黄弹烧了闸北最繁盛的宝山路！这回中国兵是抵抗了，但只是"抵抗"而已！我觉得一般小市民的忧愤的脸色似乎都透露了这样的失望与愤愤。

可是他们只能愤愤一下儿。新历史的舞台上，他们早不是主角儿；呀，背里咒诅公婆而又死心塌地看着公婆脸色的童养媳似的他们！

很多人出生在和平年代，成长在祖国的呵护之下。硝烟与战火已然远去太久，很多人不了解战争的残酷与和平的可贵。类似于《第二天》这样对战争的记录还有很多，读者们不妨多去了解一些。

创造（节选）

　　《创造》是继中篇小说《幻灭》《动摇》《追求》以后，茅盾写的第一篇短篇小说。在题材和风格上，既和《幻灭》等不同，也和他以后所写的短篇小说不同。思想上，已经不像《幻灭》等三篇那样消沉悲观。《创造》的故事情节很简单，主要写的是一对夫妻君实和娴娴的日常生活。君实是一个接受时代新思想，又受锢于封建传统思想的小资产阶级知识分子。他觉得爱就是占有，要求妻子如金丝雀，只圈养在他的世界里，时刻依赖着他，只为他一人而存在，不能有自己的思想意志，而应该接受他的肆意灌输，完全顺从他的心意。君实想创造出这样一位"称心如意"的妻子，但伴随着妻子娴娴的觉醒，其结果可想而知。作者通过小说中丈夫对妻子创造的失败，反映了当时社会思想变革的到来。

靠着南窗的小书桌，铺了墨绿色的桌布，两朵半开的红玫瑰从书桌右角的淡青色小瓷瓶口边探出来，宛然是淘气的女郎的笑脸，带了几分"你奈我何"的神气，冷笑着对角的一叠正襟危坐的洋装书，它们那种道学先生的态度，简直使你以为一定不是脱不掉男女关系的小说。赛银墨水盒横躺在桌子的中上部，和整洁的吸墨纸板倒成了很合适的一对。纸版的一只皮套角里含着一封旧信。那边西窗下也有个小书桌。几本卷皱了封面的什么杂志，乱丢在桌面，把一座茶绿色玻璃三棱形的小寒暑表也推倒了；金杆自来水笔的笔尖吻在一张美术明信片的女子的雪颊上。其处凝结了一大点墨水，像是它的黑泪，在悲伤它的笔帽的不知去向；一只刻镂得很精致的象牙的兔子，斜起了红眼睛，怨艾地瞅着旁边的展开一半的小纸扇，自然为的是纸扇太无礼，把它挤倒了，——现在它撒娇似的横躺着，露出白肚皮上的一行细绿字："娴娴三八初度纪念。她的亲爱的丈夫君实赠。"然而"丈夫"二字像是用刀刮过的。

织金绸面的沙发榻蹲在东壁正中的一对窗下，左右各有同式的沙发椅做它的侍卫。更左，直挺挺贴着墙壁的，是一口两层的木橱，上半层较狭，有一对玻璃门，但仍旧在玻片后衬了紫色绸。和这木橱对立的，在右首的沙发椅之右，是一个衣架，擎着雨衣斗篷帽子之类。再过去，便是东壁的右窗；当窗的小方桌摆着茶壶茶杯香烟盒等什物。再过去，到了壁角，便是照例的梳妆台了。这里有一扇小门，似乎是通到浴室的。椭圆大镜门的衣橱,背倚北壁,映出西壁正中一对窗前的大柚木床,和那珠络纱帐子,和睡在床上的两个人。和衣橱呈西斜角的,是房门,现在严密地关着。

沙发榻上乱堆着一些女衣。天蓝色沙丁绸的旗袍,玄色绸的旗马甲,白棉线织的胸褡,还有绯色的裤管口和裤腰都用宽紧带的短裤……都卷作一团,极像是洗衣作内正待落漂白缸,想见主人脱下时的如何匆忙了。榻下露出镂花灰色细羊女皮鞋的发光的尖头;可是它的同伴却远远地躲在梳妆台的矮脚边,须得主人耐烦地去找。床右,近门处,是一个停火儿,琥珀色绸罩的台灯庄严地坐着,旁边有的是:角上绣花的小手帕,香水纸,粉纸,小镜子,用过的电车票,小银圆,百货公司的发票,寸半大的皮面金头怀中记事册,宝石别针,小名片,——凡是少妇手袋里找得出来的小物件,都在这里了。一本展开的杂志,靠了台灯的支撑,又牺牲了灯罩的正确的姿势,异样地直立着。台灯的古铜座上,有一对小小的展翅作势的鸽子,侧着头,似乎在猜详杂志封面的一行题字:《妇女与政治》。

太阳光透过了东窗上的薄纱,洒射到桌上椅上床上。这些木器,本来是漆的奶油色,现在都镀上了太阳的斑驳的黄金了。突然一辆急驰的汽车的啵啵的声音——响得作怪,似乎就在楼下,——惊醒了床上人中间的一个。他睁开倦眼,身体微微一动。浓郁的发香,冲入他的鼻孔;他本能地转过头去,看

见夫人还没醒，两颊绯红，像要喷出血来。身上的夹被，早已摆在一边，这位少妇现在是侧着身子；只穿了一件羊毛织的长及膝弯的贴身背心，所以臂和腿都裸浴在晨气中了，珠络纱筛碎了的太阳光落在她的白腿上就像是些跳动的水珠。

——太阳光已经到了床上，大概是不早了呵。

君实想，又打了个呵欠。昨晚他睡得很早。夫人回来，他竟完全不知道；然而此时他还觉得很倦，无非因为今晨三点钟醒过来后，忽然不能再睡，直到看见窗上泛出鱼肚白色，才又蒙蒙地像是睡着了。而且就在这半睡状态中，他做了许多短暂的不连续的梦；其中有一个，此时还记得个大概，似乎不是好兆。他重复闭了眼，回想那些梦，同时轻轻地握住了夫人的一只手。

<u>梦，有人说是日间的焦虑的再现，又有人说是下意识的活动</u>；但君实以为都不是。他自说，十五岁以后没有梦；他的夫人就不很相信这句话："梦是不会没有的，大概是醒后再睡时遗忘了。"她常常这样说。

"你是多梦的；不但睡时有梦，开了眼你还会做梦呵！"君实也常常这么反驳她。

现在君实居然有了梦，他自觉是意外；并且又证明了往常确是无梦，不是遗忘。所以他努力要回忆起那些梦来，以便对夫人讲。即使是这样的小事情，他也不肯轻轻放过；他不肯让夫人在心底里疑惑他的话是撒谎；他是要人时时刻刻信仰他看着他听着他，摊出全灵魂来受他的拥抱。

他轻快地吐了口气，再睁开眼来，凝视窗纱上跳舞的太阳光；然后，沙发榻上的那团衣服吸引了他的视线，然后，迅速地在满房间掠视一周，终于落在夫人的脸上。不知道为什么，这位熟睡的少妇，现在眉尖半蹙，小嘴唇也闭合得紧紧的，正是昨天和君实怄气时的那副面目了。近来他们俩常有意见上的不和；娴娴对于丈夫的议论常常提出反驳，而君实也更多地批评夫人的行动，有许多批评，在娴娴看来，简直是故意立异。娴娴的女友李小姐，以为这是娴娴近来思想进步，而君实反倒退步之故。这个论断，娴娴颇以为意；君实却绝对不承认，他心里暗恨李小姐，以为自己的一个好好的夫人完全被她教唆坏了，昨天便借端发泄，很犀利地把李小姐批评了一番，最使娴娴不快的，是这几句：

"……李小姐的行为，实在太像滑头的女政客了。她天天忙着所谓政治活动，究竟她明白什么是政治？娴娴，我并不反对女子留心政治，从前我是很热心劝诱你留心政治的，你现在总算是知道几分什么是政治了。但要做实际活动——嘿！主观上能力不够，客观上条件未备。况且李小姐还不是把政治活动当作电影跳舞一样，只是新式少奶奶的时髦玩意罢了。又说女子要独立，要社会地位，咳，少说些门面话吧！李小姐独立在什么地方？有什么社会地位？我知道她有的地位是在卡尔登，在月宫跳舞场！现在又说不满于现状，要革命；咳，革命，这一向看厌了革命，却不道还有翻新花样的在影戏院跳舞场里叫革命！……"

君实说话时的那种神气——看定了别人是永远没出息的神气，比他的保守思想和指桑骂槐，更使娴娴难受；她那时的确动了真气。虽然君实随后又温语抚慰，可是娴娴整整有半天纳闷。

现在君实看见夫人睡中犹作此态，昨日的事便兜上心头；他觉得夫人是精神上一天一天地离开他，觉得自己再不能独占了夫人的全灵魂。这位长久拥抱在他思想内精神内的少妇，现在已经跳了出去，有自己的思想，自己的见解了。这在自负很深的君实，是难受的。他爱他的夫人，现在也还是爱；然而他最爱的是以他的思想为思想，以他的行动为行动的夫人。不幸这样的黄金时代已成过去，娴娴非复两年前的娴娴了。

想到这里，君实忍不住微微叹了口气。他又闭了眼，冥想夫人思想变迁的经过。他记得前年夏天在莫干山避暑的时候，娴娴曾就女子在社会中应尽的职务一点发表了独立的意见；难道这就是今日趋向各异的起点吗？似乎不是的，那时娴娴还没认识李小姐；似乎又像是的，此后娴娴确是一天一天地不对了。最近的半年来，她不但思想变化，甚至举动也失去了优美细腻的常态，衣服什物都到处乱丢，居然是"成大事者不修边幅"的气派了。君实本能地开眼向房中一瞥，看见他自己的世界缩小到仅存南窗下的书桌；除了这一片"干净土"，全房到处是杂乱的痕迹，是娴娴的世界了。

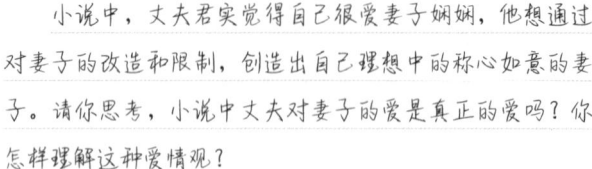

小说中，丈夫君实觉得自己很爱妻子娴娴，他想通过对妻子的改造和限制，创造出自己理想中的称心如意的妻子。请你思考，小说中丈夫对妻子的爱是真正的爱吗？你怎样理解这种爱情观？

在小说的结尾，一个新的想法出现在君实的脑海中，他决心再次改变娴娴，他想静候洗浴的娴娴出来，可娴娴已经躲开了他，出门去了，留下了一个自尊受挫的他，在原地恍惚。请想象一下，此时君实会产生怎样的想法呢？他还会继续改变妻子吗？

手的故事（节选）

导读提示

《手的故事》是茅盾的短篇小说。"一·二八"事变后，广大百姓的生活越发艰难，而当局却想尽办法剥削百姓，一个接一个密令的到来，压得老百姓喘不过气来。小说在结构上以"手"作为线索，谈论了猴子的手、人类的手、主人公张不忍的八少奶奶潘云仙的手，用"手"贯穿小说，用"手"判断手的主人的命运，判断人类的命运，这种写作手法是值得读者借鉴的。

五

张不忍跑进自己房里就叫道："云仙，真得想出点事来做才好！"

"可是我只想回去。"云仙头也不抬,手里忙着抄写。

"回去?回去有事吗?不是前天还接到老刚的信,说这半年他也没处去教书了;何况你我?"

"但是闲住在这里,真无聊!"

"云仙!"张不忍叫了这一声,又顿住了,踱了几步,他似乎跟自己商量地说,"生活是这里便宜。而且,他们从封建关系上,把我们当作有地位的人,总可以想出点事来做做吧?"

"他们!这里的人真讨厌,我就讨厌他们的跳不出封建关系的眼光!他们老在那里瞎猜我的娘家。一会儿说我是军阀的女儿,一会儿又说我出身低贱了!"云仙把笔一掷、下意识地看着自己的一双手。

"这些,理他们干吗。"张不忍走近到书桌边。"哦,你又抄一份,投到哪里去?——可是,这几天,这里的空气有点不同,紧张起来了,云仙,我们真得想出点事来做才好。"

云仙仰脸望着天空,寂寞地微笑,不大相信专会造她谣言的环境也能紧张。

铛铛!从街上来了锣声,铛铛又是两下,而且隐隐夹杂着人声喧哗。

云仙将脸对着不忍眉梢一耸。似乎说:这莫非就是"紧张"来了吗?

"这是高脚牌。一定有紧急的告示。"不忍一边说一边就走出去了。

高脚牌慢慢往中心小学那边走。铛铛!引出了人来。大人们站在路旁看,孩子们跟着,——一条渐渐大起来的尾巴。

张不忍追到中心小学门前,高脚牌也在一棵树下歇脚,掮牌的那汉子将牌覆在地下,却挺着脖子喊道:"催陈粮啦!廿二年,十三年,廿四年,催陈粮啦!后天开征,一礼拜;催陈粮啦!"

张不忍感到空虚,同时这几天内他下乡时所得的印象也在那覆卧的牌背闪动。忽然听得那汉子自个儿笑起来,换了唱小调的腔调:

"还有啦,今年里,不许采树叶子呢:柏树,桑树,榆树,梧桐树,树,乌龟王八蛋树,全不许采叶子!采了也没事,只消打屁股,吃官司!"

跟着来的孩子们都拍手笑着嚷道:"乌龟王八蛋个树!❶"

这种谐音的幽默,孩子们是独有创造的天才的。张不忍听着也不禁失笑,然而他依旧感到空虚。他信步走进了中心小学。

校长和几位教员站在一段雪白的围墙前指东点西说话。校长这时的脸色跟那天在茶楼上大不相同了,似乎有天大的困难忽然压到他头上。

---

❶ 此为谐音——乌龟王八蛋告示。——作者原注。

校长一把拉住了张不忍，就带着哭声诉说道："张先生，你说，刚刚粉白，不满一个月，你瞧，这一带围墙，还有一切的墙壁，你说，多少丈，刚刚粉白，不满一个月，为的厅长要来瞧啦——终于没来，可是，你想，忽然又要通通刷黑了，一个月还没到，你瞧。"

张不忍往四下一瞧，果然雪白，甚至没有蜓蛸路；可是除了这"雪白"，校长的话，他就半点也不明白。校长好像忽然想到一件大事，丢下了张不忍转身就走，可是半路上碰到一个人，又一把拉住了；张不忍远远望去，知道校长又在那里带哭声诉说了。他惘然望着，加倍地感到空虚的压迫。

教员中间有一位和张不忍比较说得来的赵君觉，带着一点厌烦的表情对张不忍说：

"今天的密令，县境内所有的墙壁都须刷黑！校长气得几乎想自杀，哼！"

"刷黑？密令吗？干吗？"张不忍这才把校长的话回味得明明白白了。

"说是准备空防，跟禁止采树叶同一作用，"另一位教员朱济民回答，"校长说，上回粉白，还是他掏的腰包，这回又要刷黑，他打算要全校教员公摊呢，剥削到我们头上来了。"

"上回他掏鬼的腰包！公摊？他平常的外快怎么又不公摊了！他倒想得巧！"又一位教员说，撅着嘴自顾走开。

张不忍看看那一带雪白的围墙，又看看蓝色的天空，太阳

正挂在远处的绿沉沉的树梢,——他沉吟着说:"战时的空气呀,浓厚了,浓厚了,"他笑了一笑,转脸对赵君觉和朱济民说,"我还听说有密令,叫准备好一师兵住的地方,真的吗?"

"哦,密令还多着呢!"朱济民回答,"叫办积谷,叫挖地坑,叫查明全县的半爿坟有多少,叫每家储蓄十斤稻草,——嘿,这两天来,密令是满天飞了!"

"嗯,半爿坟,什么意思?"张不忍皱着眉头望在朱济民的脸上。

"左右不过是那么一回事。"赵君觉接口说,"你要收密令吗,端整下一口大筐吧。至于一师兵,谁知道他们来做什么。为什么不开往边疆?然而,也未必来吧。听说嫌交通不便。要先开城外那条汽车路呢!"

"我也听得这么说。住的地方,倒已经在准备了。不过,半爿坟,又是干吗?什么是半爿坟?"

"就是破圹的老坟,露出了圹穴的。"赵君觉回答。

"什么用,可不大明白,"李济民抢着说,"但是保安队的队长对人说,这种半爿坟可以利用来做机关枪的阵地。"

"哦,大概是这么个用意了。"

"不忍,这两天一阵子密令,满县满街真是俨若大战就要来了。"赵君觉说,一脸的冷冷的鄙夷的神气。

"老百姓怕,是不是?"

"不！很兴奋呢！"朱济民确信地说。

赵君觉看了朱济民一眼，嘴唇一撇："对了，当真兴奋；所以我觉得他们太可怜。老百姓真好，可是也真简单，真蠢！"

暂时三个人都不说话。张不忍用脚尖在泥土上慢慢地划着，好像画了一个字，随即又用鞋底抹去，忽而他伸手一边一个抓住了赵君觉和朱济民，皱着眉头，定睛看着赵君觉，又移过去看着朱济民，用沉着的口音说："君觉的意见，我也觉得大半是对的；然而老百姓不怕，兴奋，这一点比什么都可贵！我们当真得想出点事来做才好，我们一定要做点事！"

三个人对看着，末了，赵君觉和朱济民同声说："加上密司潘才得四个人。……"

张不忍立刻打断他们的话："然而一定要做点事！开头四个人，后来会加多！"

他们于是并肩慢慢地一边谈，一边走；沿着围墙走到尽头又回来，还是谈个不休。

三个人带着爽朗的笑声走进教员休息室了。劈头忽然又遇见了校长。

"窑煤都涨价了，一倍，刚涨的，该死，该死！"

校长阻住了他们三位，慌慌张张说。校长的脑子里没有更值得烦恼的事。

猴子和人都有手，但猴子不会制造工具，更不会"翻手为云，覆手为雨"。结合该全篇小说以及当时的时代背景，请你想象一下，主人公张不忍的八少奶奶潘云仙的手，可能是一双怎样的手？张不忍觉得自己找到事情可做了。结合全篇小说以及当时的社会状况和背景，如果请你续写张不忍想做什么，你会怎么写呢？

人造丝

说起茅盾的散文，大家会想到《白杨礼赞》《风景谈》等。其实，茅盾写过很多散文，本文《人造丝》就是他的散文代表作之一。本篇散文中，一个被"我"忘记了名字的朋友——他从国外回来，在国外他学过西医、缫丝、养蜂养鸡，但他最后悔的是学过三年缫丝，因为女人们身上花花绿绿时髦的衣料，让他想到了人造丝是怎样制成的，以至于觉得那些香喷喷的女人身上有一股火药气的味道，因为"制人造丝的第一步手续跟制无烟火药是一样的！原料也是一样的"。读到这里，读者就会明白作者的良苦用心了，这个不知名的朋友看似一无所成，他却揭示了当时中国的现状，包括国人的悲哀——穿着从东洋进口的充满火药气的人造丝招摇过市。这也正是这篇散文的宗旨所在。

那一年的秋天，我到乡下去养病，在"内河小火轮"中，忽然有人隔着个江北小贩的五香豆的提篮跟我拉手；这手的中指套着一个很大的金戒指,刻有两个西文字母:HB。

"哈,哈,不认识吗?"

我的眼光从戒指移到那人的脸上时,那人就笑着说。

一边说,一边他就把江北小贩的五香豆提篮推开些,略吱一响,就坐在我身旁边的另一只旧藤椅里。他这小胖子,少说也有二百磅呢!

"记得不记得? ××小学里的干瘪风菱?……"

他又大声说,说完又笑,脸上的肥肉也笑得一跳一跳的。

哦,哦,我记起来了,可是怎么怨得我不认识呢?从前的"干瘪风菱"现在变成了"浸胖油炸桧!"——这是从前我们小学校里另一个同学的绰号。当时他们是一对,提起了这一位,总要带到那一位的。

然而我依然想不起这位老朋友的姓名了。这也不要紧。总之,我们是二十年前的老同学,打架打惯了的。二十多年没见面呢!我们的话是三日三夜也讲不完的。可是这位老朋友似乎很晓得我的情形,说不了几句话,他就装出福尔摩斯的神气来,突然问我道:

"回乡下去养病,是不是?打算住多少天呢?"

我一怔。难道我的病甚至于看得出来吗?天天见面的朋友倒说我不像是有病的呢!老朋友瞧着我那呆怔怔的神气,却得意极了,双手一拍,笑了又笑,竖起大拇指,点着自己的鼻子说道:

"你看！我到外国那几年，到底学了点东西回来！我会侦探了！"

"嗯嗯——可是你刚才说，要办养蜂场吧，你为什么不挂牌子做个东方福尔摩斯？"我也笑了起来。

不料老朋友把眉毛一皱，望着我，用鼻音回答道：

"不行！福尔摩斯的本事现在也不行！现在一张支票就抵得过十个福尔摩斯！"

"然而我还是佩服你！"

"呵呵，那就很好。不过我的本事还是养蜂养鸡。说到我这一点侦探手段，见笑得很，一杯咖啡换来的。昨天我碰到了你的表兄，随便谈谈，知道你也是今天回乡下去，去养病。要不然，我怎么能够一上船就认识你？哈哈，——这一点小秘密就值一杯咖啡。"

我回想一想，也笑了。

往后，我们又渐渐谈到蜂呀鸡呀的上头，老朋友伸手在脸上一抹，很正经的样子，扳着手指头说道：

"喂，喂，我数给你听。我出去第一年学医。这是依照我老人家的意思。学了半年，我就知道我这毛躁脾气，跟医不对。看见报上说，上海一地的西医就有千多，我一想更不得劲儿；等到我学成了时，恐怕就有两千多了，要我跟两千多人抢饭吃，我是一定会失败的。我就改学缫丝。这也是很自然的一回事。你知道我老人家有点丝厂股子。可是糟糕！我还没有学好，老人家丝厂关门，欠了一屁股的债，还写了封哀的美敦书给我，让我赶快回国找个事做。喂，朋友，这不是把我急死吗？于是我一面就跟老人家信来信去开谈判，一面赶快换行业。那时只要快，不拘什么学一点回来，算是我没有白跑一趟欧洲。这一换，就换到了养蜂养鸡。三个月前我回来了，一看，才知道我不应该不学医！"

老朋友说到这里，就鼓起了腮帮，一股劲儿看着我，好像要等我证明他的"不该不学医"。等了一会儿，我总不作声，总也是学他的样子看着他，他就吐一口气，自己来说明道：

"为什么呀？中国是病夫之国咯！我的半年的同学里，有几位已经挂了牌子，生意蛮好。可是我跟他们同学的半年里，课堂上难得看见他们的尊容！"

"哎，哎，事情就是难以预料。不过你打算办一个蜂场什么的，光景不会不成功吧？"我只好这么安慰他。

"难说，难说！……我把我的计划跟几位世交谈过，他们都不置可否。事后听得他们对旁人说：养养蜜蜂，也要到外国去学吗？唉，朋友！"

这位老朋友第一次叹口气，歪着头，不出声了，大拇指拨动他中指上的挺大的金戒指，旋了一转，又旋一转。

这当儿，两位穿得红红绿绿的时髦女人从我们面前走过去，一会儿又走回来，背朝着我们，站在那里唧唧哝哝说话。

我的老朋友一面仍在旋弄他那戒指，一面很注意地打量那两位背面的"美人"。他忽然小声儿自言自语地说：

"我很后悔的，是我学过将近三年的缫丝。"

他转过脸来看了我一眼，似乎问我懂不懂他这句话的意思。我自己以为懂得，点一下头；然而老朋友却看透了我的心思似的赶快摇着头自己补充道：

"并不是后悔我白花了三年心血。不是这个！是后悔我多了那么一点知识，就给我十倍百倍的痛苦！"

"哦？——"我真弄糊涂了。

"喏喏，"老朋友苦笑一下，"我会分辨蚕丝跟人造丝了。哪怕是蚕丝夹人造丝的什么绸，什么䌷，我看了一眼，至多是上手来捏一把，就知道那里头掺的人造丝有多少。哼，我回来三个月，每天看见女人们身上花花绿绿时髦的衣料，每次看见，我就想到了——"

"就想到了你老人家的丝厂关门了？"我忍不住凑了一句，却不料老朋友大不以为然，摇着手急口说下去道：

"不，不，——我是想到了人造丝怎样制的，我觉得那些香喷喷的女人身上只是一股火药气！"

"什么？你说是火药气！"我也吃惊地大声说。

我们的话语一定被前面的那两位女人听得清清楚楚了，她们不约而同，转过半张脸来，朝我们白了一眼，就手拉手地走开了我们这边。这在我的老朋友看来，好像是绝大的侮辱；他咬紧了牙齿似的念了一个外国字，然后把嘴巴冲着我的耳朵叫道：

"不错，是火药气！制人造丝的第一步手续跟制无烟火药是一样的！原料也是一样的！"

这小胖子的嗓子本来就粗，这会儿他又冲着我的耳朵，我只觉得耳朵里轰轰轰的："人造丝，……无烟火药……一样！"轰轰轰还没有完，我又听得这老朋友似乎又加了一句道，"打仗的时候，人造丝厂就改成了火药局哩！"

到这时，我也明白为什么这位老朋友说是"痛苦"了。他学得的知识只使他知道中国人人身上有人造丝，而且人造丝还有火药气，无怪他反复说："顶后悔的，是我学过将近三年的缫丝！"

现在又是许久不见这位老朋友了，也不知道他又跑到了哪里去；不过我每逢看见人造丝织品的时候，总要想到他，而且也嗅到了他所说的"火药气"！

而且，最最重要的，这些人造丝都是进口货——东洋货！

人造丝

　　文中这位不知名的朋友，出国学习多年，学习西医、学习缫丝、学习养蜂养鸡，回国后却发现没有用武之地，内心极其痛苦。但让他最痛苦的是，他从那些穿着人造丝制成的服装上闻到了火药品的味道。想一想，如果他没有学过缫丝，看着这些从东洋进口的人造丝，他会痛苦吗？为什么？文章结尾说这位朋友许久不见，不知道跑哪里去了，联系当时的社会情况，发挥想象，这位朋友可能去做什么了？

冬天

  《冬天》是茅盾的散文代表作之一，发表于1934年。作者通过描写冬天曾经在三个不同的时期给他三种不同的印象，表达他对温暖的春天的向往，以及对现实残酷环境的蔑视，表现了作者坚定的信念和坚强的斗争意志，以及乐观向上的精神。每个人对于冬天的看法是不一样的，在作者看来，小时候的冬天可以体验"放野火"的乐趣，那是对童年的回忆和对故乡的怀念；二十多岁时的冬天可以拥着热被窝拥有"让思想跑野马"的自由；后来的冬天让作者逐渐失去了乐趣，因为要被层层棉衣所束缚，更重要的是失去了童趣与自由；而文章的重点则是在末尾两段，冬天尽管残酷、猖狂，造成了恐怖，但冬天不能永久统治大地，终究会过去，温暖的春天终究会到来，这是对冬天的反抗，对春天的希冀，也正是作者想表达的中心。

诗人们对于四季的感想大概颇不同吧。一般说来，则为"游春""消夏""悲秋"，——冬呢，我可想不出适当的字眼来了，总之，诗人们对于"冬"好像不大怀好感，于"秋"则已"悲"了，更何况"秋"后的"冬"！

所以诗人在冬夜，只合围炉话旧，这就有点近于"蛰伏"了。幸而冬天有雪，给诗人们添了诗料。甚而至于踏雪寻梅，此时的诗人俨然又是活动家。不过梅花开放的时候，其实"冬"已过完，早又是"春"了。

我不是诗人，对于一年四季无所偏憎。但寒暑数十易而后，我也渐渐辨出了四季的味道。我就觉得冬天的味儿好像特别耐咀嚼。

因为冬天曾经在三个不同的时期给我三种不同的印象。

十一二岁的时候，我觉得冬天是又好又不好。大人们定要我穿了许多衣服，弄得我动作迟笨，这是我不满意冬天的地方。然而野外的茅草都已枯黄，正好"放野火"，我又得感谢"冬"了。

在都市里生长的孩子是可怜的，他们只看见灰色的马路，从没见过整片的一望无际的大草地。他们即使到公园里看见了比较广大的草地，然而那是细曲得像狗毛一样的草皮，枯黄了时更加难看，不用说，他们万万想不到这是可以放起火来烧的。在乡下，可不同了。照例到了冬天，野外全是灰黄色的枯草，又高又密，脚踏下去簌簌地响，有时没到你的腿弯上。是这样的草——大草地，就可以放火烧。我们都脱了长衣，划一根火柴，那满地的枯草就毕剥毕剥烧起来了。狂风着地卷去，那些草就像发狂似的腾腾地叫着，夹着白烟一片红火焰就像一个大舌头似的会一下子把大片的枯草舐光。有时我们站在上风头，那就跟着火头跑；有时故意站在下风，看着那烈焰像潮水样涌过来，涌过来，于是我们大声笑着嚷着在火焰中间跳，一转眼，那火焰的波浪已经上前去了，于是我们就又追上去送它。这些草地中，往往有浮厝的棺木或者骨殖甏，火势逼近了那棺木时，我们的最紧张的时刻就来了。我们就来一个"包抄"，扑到火线里一阵滚，收熄了我们放的火。这时候我们便感到了克服敌人那样的快乐。

二十以后成了"都市人"，这"放野火"的趣味不能再有了，然而穿衣服的多少也不再受人干涉了，这时我对于冬，理应无憎亦无爱了吧，可是冬天却开始给我一点好印象。二十几岁的我是只要睡眠四个钟头就够了的，我照例五点钟一定醒了；这时候，被窝是暖烘烘的，人是神气清爽的，而又大家都在黑甜乡，静得很，没有声音来打扰我，这时候，躲在那里让思想像野马一般飞跑，爱到哪里就到哪里，想够了时，顶天亮起身，我仿佛已经背着人，不声不响自由自在做完了一件事，也感到一种愉快。那时候，我把"冬"和春夏秋比较起来，觉得"冬"是不干涉人的，她不像春天那样逼人困倦，也不像夏天那样使得我上床的时候弄堂里还有人高唱《孟姜女》，而在我起身以前却又是满弄堂的洗马桶的声音，没有片刻的安静，

而也不同于秋天。秋天是苍蝇蚊虫的世界,而也是疟疾光顾我的季节呵!

然而对于"冬"有恶感,则始于最近。拥着热被窝让思想跑野马那样的事,已经不高兴再做了,而又没有草地给我去"放野火"。何况近年来的冬天似乎一年比一年冷,我不得不自愿多穿点衣服,并且把窗门关紧。

不过我也理智地较为认识了"冬"。我知道"冬"毕竟是"冬",摧残了许多嫩芽,在地面上造成恐怖;我又知道"冬"只不过是"冬",北风和霜雪虽然凶猛,终不能永远地统治这大地。相反,冬天的寒冷愈甚,就是冬的命运快要告终,"春"

已在叩门。

"春"要来到的时候,一定先有"冬"。冷吧,更加冷吧,你这吓人的冬!

读完本篇,请问你喜欢冬天吗?请阐述你的理由。

文章末尾说,"相反的,冬天的寒冷愈甚,就是冬的命运快要告终,'春'已在叩门",这句话有没有让你联想到英国诗人雪莱《西风颂》中的诗句:"冬天到了,春天还会远吗?"作者笔下此处的冬天和春天有没有特殊的含义呢?

严霜下的梦

　　《严霜下的梦》记载了茅盾先生对梦的阐释。孩子们进入梦境后，就可以真实地享受梦国的自由的乐趣，可以得到久慕而不得的玩具，可以离开大人们注意的眼光，畅畅快快地弄水弄火，可以到达民间传说里的神仙之居，满攫好玩的好吃的。而大人们的梦就不可能这样了，他们的梦，"不过是白天忧劳苦闷的利息，徒增醒后的惊悸，像一篇好的悲剧，夸大地描出了悲哀的组织，使你更能意识到而已"。作者的梦是什么样的呢？悲壮的歌声、激昂的军乐、狂欢的呼喊、沉痛的演说，一条从烈火里掣出来的断腿，女子歇斯底里的喊叫，许多狼张开了利锯样的尖嘴在撕碎美丽的身体，愤怒的呻吟，饱足了兽欲的灰色东西的狂笑……这是凶残的梦，也是那个特殊年代所有人的梦。

七八岁以至十一二,大概是最会做梦最多梦的时代吧?梦中得了久慕而不得的玩具;梦中居然离开了大人们的注意的眼光,畅畅快快地弄水弄火;梦中到了民间传说里的神仙之居,满攫了好玩的好吃的。当母亲铺好了温暖的被窝,我们孩子勇敢地钻进了以后,嗅着那股奇特的旧绸的气味,刚合上了眼皮,一些红的、绿的、紫的、橙黄的、金碧的、银灰的,圆体和三角体,各自不歇地在颤动,在扩大,在收小,在漂浮的,便争先恐后地挤进我们孩子的闭合的眼睑;这大概就是梦的接引使者吧?从这些活动的虹桥,我们孩子便进了梦境;于是便真实地享受了梦国的自由的乐趣。

大人们可就不能这么常有便宜的梦了。在大人们,夜是白天勤劳后的休息;当四肢发酸,神经麻木,软倒在枕头上以后,总是无端地便失了知觉,直到七八小时以后,苏生的精力再机械地唤醒他,方才揉了揉睡眼,再奔赴生活的前程。大人们是没有梦的!即使有了梦,那也不过是白天忧劳苦闷的利息,徒增醒后的惊悸,像一篇好的悲剧,夸大地描出了悲哀的组织,使你更能意识到而已。即使有了可乐意的好梦,那又还不是睡谷的恶意的孩子们来嘲笑你的现实生活里的失意?来给你一个强烈的对比,使你更能意识到生活的愁苦?

能够真心地如实地享受梦中的快活的,恐怕只有七八岁以至十一二的孩子吧?在大人们,谁也没有这等廉价的享乐吧?说是尹氏的役夫曾经真心地如实地享受过梦的快乐来,大概只不过是伪《列子》杂收的一段古人的寓言罢哩。在我尖锐的理性，总不肯让我跌进了玄之又玄的国境，让幻想的抚摸来安慰了现实的伤痕。我总觉得，梦，不是来挖深我的创痛，就是来嘲笑我的失意；所以我是梦的仇人，我不愿意晚上再由梦来打搅我的可怜的休息。

但是惯会揶揄人们的顽固的梦，终于光顾了；我连得了几个梦。

——步哨放得多么远！可爱的步哨呵：我们似曾相识。你们和风雨操场周围的荷枪守卫者，许就是亲兄弟？是的，你们是。再看呀！那穿了整齐的制服，紧捏着长木棍子的小英雄，够多么可爱！我看见许多认识的和不认识的面孔，男的和女的，穿便衣的和穿军装的，短衣的和长褂的：脸上都耀着十分的喜气，像许多小太阳。我听见许多方言的急口的说话，我不尽懂得，可是我明白——真的，我从心底里明白他们的意义。

——可不是？我又听得悲壮的歌声，激昂的军乐，狂欢的呼喊，春雷似的鼓掌，沉痛的演说。

——我看见了庄严，看见了美妙，看见了热烈；而且，该是一切好梦里应有的事吧，我看见未来的憧憬凝结而成为现实。

——我的陶醉的心，猛击着我的胸膈。呀！这不客气的小东西，竟跳出了咽喉关，即使我的两排白灿灿的牙齿是那么壁垒森严，也阻不住这猩红的一团！它飞出去了，挂在空间。而且，这分明是荒唐的梦了，我看见许多心都从各人的嘴唇边飞

出来，都挂在空间，联结成为红的热的动的一片；而且，我又见这一片上显出字迹来。

——我空着腔子，努力想看明白这些字迹；头是最先看见："中华民族革命的发展。"尾巴也映进了我的眼帘："世界革命的三大柱石。"可是中段，却很模糊了；我继续努力辨识，忽然，轰！屋梁凭空掉下来。好像我也大叫了一声；可是，以后，什么都不知道，什么都已消灭！

我的脸，像被人掴了一掌；意识回到我身上；我听得了扑扑的翅膀声，我知道又是那不名誉的蝙蝠把它的灰色的似是而非的翼子扇了我的脸。

"呔！"我不自觉地喊出来。然后，静寂又恢复了统治；我只听得那小东西的翅膀在凝冻的空气中无目的地乱扑。窗缝中透进了寒光，我知道这是肃杀的严霜的光，我翻了个身，又沉沉地负气似的睡着了。

——好血腥呀，天在雨血！这不是宋王皮囊里的牛羊狗血，是真正老牌的人血。是男子颈间的血，女人的割破的乳房的血，小孩子心肝的血。血，血！天开了窟窿似的在下血！青绿的原野，染成了绛赤。我撩起了衣裾急走，我想逃避这还是温热的血。

——然后，我又看见了火。这不是Nero❶烧罗马引起他的

---

❶ Nero，英语即尼禄，古罗马皇帝。

诗兴的火，这是地狱的火；这是 Surtr❶ 烧毁了空陆冥三界的火！轰轰的火柱卷上天空，太阳骇成了淡黄脸，苍穹涨红着无可奈何似的在那里挺挨。高高的山岩，熔成了半固定质，像饧糖似的软摊开来，填平了地面上的一切坎坷。而我，我也被胶结在这坦荡荡的硬壳下。

"呔！"

冷空气中震颤着我这一声喊。寒光从窗缝中透进来，我知道这还是别人家瓦上的严霜的光亮，这不是天明的曙光；我不管事似的又翻了个身，又沉沉地负气似的睡着了。

——玫瑰色的灯光，射在雪白的臂膊上；轻纱下面，颤动着温软的乳房，嫩红的乳头像两粒诱人馋吻的樱桃。细白米一样的齿缝间淌出 Sirens❷ 的迷魂的音乐。可爱的 Valkyrs❸，刚从血泊里回来的 Valkyrs，依旧是那样美妙！三四辈少年，围坐着谈论些什么；他们的眼睛闪出坚决的牺牲的光。像一个旁观者，我完全迷乱了。我猜不透他们是准备赴结婚的礼堂呢，抑

---

❶ Surtr，英语即北欧神话中的火焰巨人苏尔体尔。冰雪是北欧人的大敌。传说苏尔体尔有一发亮的大刀，常给北方来的冰山以致命的刺击。北欧神话中还说陆、海、冥三界分别被神奥丁（Odin）、费利（Vili）和凡（Ve）所主宰。

❷ Sirens，古希腊传说中半身人半身是鸟的海妖，常以美妙的歌声诱杀过路的海员。

❸ Valkyrs，北欧神话中神的十二个侍女之一，其职责是飞临战场上空，选择那些应阵亡者和引导他们的英灵赴奥定神的殿堂宴饮。

是赴坟墓?可是他们都高兴地谈着我所不大明白的话。

——"到明天……"

——"到明天,我们不是死,就是跳舞了!"

——我突然明白了,同时,我的心房也突然缩紧了;死不是我的事,跳舞有我的份儿吗?像小孩子牵住了母亲的衣裙要求带赴一个宴会似的,我攀住了一只臂膊。我祈求,我自讼。我哭泣了!但是,没有了热的活的臂膊,却是焦黑的发散着烂肉臭味的什么了——我该说是一条从烈火里掣出来的断腿吧?我觉得有一股铅浪,从我的心里滚到脑壳。我听见女子的歇斯底里地喊叫,我仿佛看见许多狼,张开了利锯样的尖嘴,在撕碎美丽的身体。我听得愤怒的呻吟。我听得饱足了兽欲的灰色东西的狂笑。

我惊悸地抱着被窝一跳;又是什么都没有了。

呵,还是梦!恶意地揶揄人的梦呵!寒光更强烈地从窗缝里探进头来,嘲笑似的落在我脸上;霜华一定是更浓重了,但是什么时候天才亮呀?什么时候,Aurora❶的可爱的手指来赶走凶残的噩梦的统治呀?

1928年1月12日于荷叶地

---

❶ Aurora,英语,指古罗马神话中的曙光女神。

这篇文章描写了孩子的梦、大人的梦，还描写了作者的梦。三种类型的梦完全不一样，孩子的梦是美好的，大人的梦是辛苦的，作者的梦是凶残的。作者正是采用了这种结构上的对比，充分展现三种梦的特点，使文章的主题逐渐深刻，最终反映当时的社会现状。那么，如果请你来描写一种场景，你能使用这种结构式对比吗？

我所见的辛亥革命

这篇散文描写的是辛亥革命发生前后作者的所见所闻。当时的作者是一个中学生，他看到的是学校里的教员和同学对辛亥革命的态度，以及辛亥革命所产生的影响。其中，作者描写了两个细节：一是辫子的有和没有，当时他们以此作为判断这个人是否为革命党的标志；另外一个细节是武汉起义的消息传来后，他们想方设法寻找报纸上的消息。通过这两个细节，我们可以看到，辛亥革命并不是一次彻底的反帝反封建运动。那些已经剪掉辫子的革命党，还是要戴着假辫子，不敢大方地承认自己革命党的身份，显示了这个阶层的软弱；武汉起义后，他们得不到确切消息，只能购买过期的报纸，甚至乡下一个小镇的光复，还是靠一个"傻子"拿一块白布被单当作旗挂在校门口。

辛亥革命那年,我在K府中学读书。校长是革命党,教员中间也有大半是革命党;但这都是直到K府光复以后他们都做了"革命官",我们学生方才知道。平日上课的时候,他们是一点革命色彩都没有流露过。那时的官府大概也不注意他们。因为那时候革命党的幌子是没有辫子,我们的几位教员虽则在日本留学的时候早把辫子剪掉,然而他们都装了假辫子上课堂,有几位则竟把头发留得尺把长,连假辫子都用不到了。

有一位体操教员是台州人,在教员中间有"憨大"之目。"武汉起义"的消息传来了以后,是这位体操教员最忍俊不禁,表示了一点兴奋。他是唯一的不戴假辫子的教员。可是他平日倒并不像那几位装假辫子教员似的，热心地劝学生剪发。在辛亥那年春天，已经有好几个学生为的说出了话不好下台，赌气似的把头发剪掉。当时有两位装假辫子的教员到自修室中看见了，曾经拍掌表示高兴。但后来，那几位剪发的同学，到底又把剪下来的辫子钉在瓜皮帽上，就那么常常戴着那瓜皮帽。辫子和革命的关系，光景我们大家都有点默喻。可是我现在不能不说，我的那几位假辫子同学在那时一定更感到革命的需要。因为光着头钻在被窝里睡了一夜何等舒服，第二天起来却不得不戴上那顶拖尾巴的瓜皮帽，还得时时提防顽皮的同学冷不防在背后揪一把，这样的情形，请你试想，还忍受得下么，还能不巴望革命赶快来吗？

所以武汉起义的消息来了后，K府中学的人总有一大半是关心的。那时上海有几种很肯登载革命消息的报纸。我们都很想看这些报纸。不幸K城的派报处都不敢贩卖。然而装假辫子的教员那里，偶尔有一份隔日的。据说是朋友从上海带来的，宝贝似的不肯轻易拿给学生们瞧，报上有什么消息，他们也不肯多讲。平日他们常喜欢来自修室闲谈，这时候他们有点像要躲人了。

只有那体操教员是例外。他倒常来自修室中闲谈了。可是他所知道的消息也不多。学生们都觉得不满足。

忽然有一天，一个学生到东门外火车站上闲逛，却带了一张禁品的上海报。这比哥伦布发现了新大陆还轰动！许多好事的同学攒住了那位"哥伦布"盘问了半天，才知道那稀罕的上海报是从车上茶房手里转买来的。于是以后每天就有些热心的同学义务地到车站上守候上海车来，钻上车去找茶房。不久又知道车上的茶房并非偷贩违禁的报，不过把客人丢下的报纸拾来赚几个"外快"罢了。于是我们校里的"买报队"就直接向车上的客人买。

于是消息灵通了，天天是胜利。然而还照常上课。体操教员也到车站上去"买报"。有一次，我和两三个同学在车站上碰到了他，我们一同回校；在路上，他操着半乡音官话的"普通话"忽然对我们说：

"现在，你们几位的辫子要剪掉了！"

说着，他就哈哈大笑。

过后不多几天，车站上紧起来了，"买报"那样的事，也不行了。但是我们大家好像都得了无线电似的，知道那一定是"著著胜利"。城里米店首先涨价。校内的庶务员说城里的存米只够一月，而且学校的存米只够一礼拜，有钱也没处去买。

接着，学校就宣布了临时放假。大家回家。

我回到家里，才知道家乡的谣言比K城更多。而最使人心汹汹的是大清银行的钞票不通用了。本地的官是一个旗人，现在是没有威风了，有人传说他日夜捧着一箱子大清银行的钞票在衙门上房里哭。

上海光复的消息也当真来了。旗人官儿就此溜走。再过一天，本地的一个富家儿——出名是"傻子"而且是"新派"，——跑进小学校里拿一块白布被单当作旗挂在校门口，于是这小镇也算光复了！

这时也就有若干人勇敢地革去了辫子。

我所见的辛亥革命就这么着处处离不了辫子。

读 与 思

这篇散文开篇就写了中学教员中革命党的辫子，虽然被剪掉了，但还是留着假辫子；行文至中间，武汉起义的消息传来，有学生剪去了辫子；行文至末尾，小镇光复后，又有若干人勇敢地革去了辫子。全篇虽然是写作者见到的辛亥革命，但始终有"辫子"贯穿全文。请你思考，作者为什么这么写？其用意仅仅是把辫子作为一条线索吗？辫子的有无究竟意味着什么？

兰州杂碎

　　这篇散文写的是一个南方人在兰州的所见所闻。从旅馆的水写到黄河,联想到黄河铁桥关联国防;从兰州城外的河水写到兰州城内的警报;从日军的飞机轰炸写到兰州城内的"繁荣";从兰州城内的商铺写到"工合"运动。整篇文章看似很散,但在这"散"的表面之下,其实隐藏着一根线,那就是文中的"我"。正是因为有"我"的存在,才把这么多所见所闻串了起来,才达到了散文的形散而神不散。更为重要的是,文章写兰州的生活条件艰苦、遭受日军飞机轰炸,目的是反映当时的社会背景现状。在当时的非常时期,兰州面临内忧外患,作者却诙谐地表示"中国人自有办法",而西北大后方兰州的洋货商的货物的来源,倒是愈"战"愈畅旺了!

城不大，城内防空洞不多，城垣下则所在有之。但入口奇窄而向下，俯瞰宛如鼠穴。警报来时，居民大都跑到城外；城外群山环绕，但皆童山，人们坐山坡下，蚂蚁似的一堆一堆，老远就看见。农历除夕前一日，城外飞机场被炸，投弹百余，但据说仅死一狗。这是兰州的"处女炸"。越三日，是为农历新年初二，日机又来"拜年"，这回在城内投弹了，可是空战结果，被我方击落七架（或云九架），这是"新年的礼物"。从此以后，恼羞成怒的滥炸便开始了，几乎每一条街，每一条巷，都中过炸弹。一九四〇年春季的一个旅客，在浮土寸许厚、软如地毯的兰州城内关外走一趟，便往往看见有许多房子，大门还好好的，从门隙窥视，内部却是一片瓦砾。

但是，请你千万不要误会兰州就此荒凉了。依照"中国人自有办法"的规律，一九四〇年春季的兰州比一年前更加"繁荣"，更加飘飘然。不说俏皮话，经过多次滥炸后的兰州，确有了若干"建设"：物证就是有几条烂马路是放宽了，铺平了，路两旁排列着簇新的平房，等候商人们去繁荣市面；而尤其令人感谢的，电灯也居然像"电"灯了。这是因为一年中间整饬市容的责任，是放在一双有计划的切实的手里，而这一双手，闲时又常常翻阅新的书报——在干，然而也在朝四面看看，不是那种一埋首就看见了自己的脚色❶。

---

❶ 这是……的脚色，收入《茅盾文集》时曾由作者删去。

但所谓"繁荣",却也有它的另一方面。比方说,一九三九年的春天,要买一块肥皂,一条毛巾,或者其他的化妆品,当然不是"踏破铁鞋无觅处",可是货色之缺乏,却也显而易见。至于其他"洋货",凡是带点奢侈性的,只有几家"百货店"方有存储,而且你要是嫌他们"货色不齐全"时,店员就宣告道:"再也没有了。这还是从前进来的货呢,新货来不了!"但是隔了一年工夫,景象完全不同,新开张的洋货铺子三三两两地在从前没有此类店铺的马路上出现了,新奇的美术字的招牌异常触目,货物的陈列式样也俨然是"上海气派";陌生牌子的化妆品,人造丝袜、棉毛衫裤、吊袜带、手帕、小镜子、西装领带,应有尽有,非常充足。特别是玻璃杯,一年以前几乎少见的,这时也每家杂货铺里都有了。而且还有步哨似的地摊,则洋货之中,间或也有些土货。手电筒和劣质的自来水笔、自动铅笔,在地摊上也常常看到。战争和封锁,并没有影响到西北大后方兰州的洋货商——不,他们的货物的来源,倒是愈"战"愈畅旺了!何以故?因为"中国人自有办法"。

为了谋战争时的自给,中国早就有了"工合"运动。"工合"在西北大概颇组织了些手工业。但是今天充斥了西北大小城市(不但是兰州)里的工业品,有多少是"工合"的出品呢?真是天晓得。大多数商人不知道有所谓"工合",你如果问他们货从哪里来的,他们毫不犹豫地答着:"天津"或"上海"。这意思就是：上海和天津的"租界"里还有中国人办的工厂，所以这些工业品也就是中国货了。偶尔也有一二非常干练的老板，则在上上下下打量你一番之后，便幽默地笑道："咱们是批来的，人家说什么，咱们信什么；反正是那么一回事，非常时期吗，可不是？"

一个在特种机关里混事的小家伙发牢骚说："这是一个极大的组织，有包运的，也有包销的。在路上时，有武装保护，到了地头，又有虎头牌撑腰。值一块钱的东西，脱出手去便成为十块二十块，真是国难财！然而，这是一种特权，差不多的人，休想染指。全部的缉私机构在他们的手里。有些不知死活的老百姓，穷昏了，居然也走这一道，肩挑背驮的，老鼠似的抄小路硬走个十站八站路，居然也会弄进些来；可是，沿途碰到零星的队伍，哪一处能够白放过，总得点缀点缀。要是最后一关碰到正主儿的检查，那就完了蛋，货充公，人也押起来。前些时，查出一个巧法儿：女人们把洋布缠在身上，装作大肚子混进来。现在凡是大肚子女人，都要脱光了检验……嘿，你这该明白了吧，——一句话，一方面是大量地化公为私，又一方面则是涓滴归'公'呵！"

这问题，决非限于一隅，是有全国性的，不过，据说也划有势力范围，各守防地，不相侵犯。这也属于所谓"中国人自有办法"。

地大物博的中国，理应事事不会没有"办法"，而且打仗亦既三年多，有些事也应早有点"办法"。西北一带的根本问题是"水"。有一位水利专家指点那些秃顶的黄土山说："土质并不坏，只要有水！"又有一位农业家看中了兰州的水果，幻想着如何装罐头输出。皋兰县是出产好水果的，有名的"醉瓜"，甜而多汁，入口即化，又带着香蕉味一般的酒香。这种醉瓜，不知到底是哈密瓜的变种呢，或由它一变而为哈密瓜，但总之，并不比哈密瓜差。苹果、沙果、梨子，也都不坏。皋兰县是有发展果园的前途的。不过，在此"非常时期"，大事正多，自然谈不到。

读与思

这篇散文写的内容比较杂，既有兰州的客观情况，例如兰州的水；也有兰州所面临的非常时期下的特殊事件，例如日军的轰炸；最后还写了皋兰县的醉瓜。请你联系当时的时代背景，思考一下，作者写的这些看似很散的内容，有没有内在的关联呢？如果有内在的关联，你能准确地说出这种关联吗？

雾中偶记

　　茅盾先生的散文一般篇幅比较短小，往往是用一小段人生片段来反映时代的苦闷。本文《雾中偶记》就是如此。《雾中偶记》这篇散文写于1941年。当时刚刚爆发皖南事件，茅盾内心郁愤难抑，只能用手中的笔对国民党同室操戈、残杀同胞的暴行痛加鞭挞，以杂记的形式抒发出心中的积愤，同时在文章最后指出"浓雾之后，朗天化日也跟着来"，表达了保卫祖国的决心和愤怒之情。文章开篇就是环境描写，写出了寒冬严酷的气候，为下文表现中国百姓生活的艰难、中华民族抗日战争的艰苦卓绝作了铺垫。作者采取了多种表达方式，记叙、议论、抒情相结合，还进行了多处引用，表明我们应该总结历史教训，并坚定必胜的信心。除此之外，作者还采用了象征的手法，"雾""夜""鼠"等形象都具有一定的象征意味，值得读者反复回味。

前两天天气奇寒,似乎天要变了,果然昨夜就刮起大风来,窗上糊的纸被老鼠钻成一个洞,呜呜地吹起哨子,——像是什么呢?我说不出。从破洞里来的风,特别尖厉,坐在那里觉得格外冷,想拿一张报纸去堵住,忽然看见爱伦堡那篇"报告"——《巴黎沦陷的前后》,便想起白天在报上看见说,巴黎的老百姓正在受冻挨饿,情形是十分严重的话。

这使我顿然记起,现在是正当所谓"三九",北方不知冷得怎样了,还穿着单衣的战士们大概正在风雪中和敌人搏斗,便是江南吧,该也有霜有冰乃至有雪。在广袤的国土上,受冻挨饿的老百姓,没有棉衣吃黑豆的战士,那种英勇和悲壮,到底我们知道了几分之几?中华民族是在咆哮了,然而中国似乎依然是"无声的中国"——从某一方面看。

不过这里重庆是"温暖"的,不见枯草,芭蕉还是那样绿,而且绿得太惨!

而且是在雾季,被人"祝福"的雾是会迷蒙了一切,美的、丑的、荒淫无耻的,以及严肃的工作。……在雾季,重庆是活跃的,因为轰炸的威胁少了,是活动的万花筒:奸商、小偷、大盗、汉奸、狞笑、恶眼、悲愤、无耻、奇冤、一切,而且还有沉默。

原名《鞭》的五幕剧,以《雾重庆》的名称在雾重庆上演;想起这改题的名字似乎本来打算和《夜上海》凑成一副对联,总觉得带点生意眼,然而现在看来,"雾重庆"这三个字,当真不坏。尤其在今年！可歌可泣的事太多了。不过作者当初如果也跟我现在那样的想法，大概这五幕剧的题材会全然改观吧？我是觉得《鞭》之内容是包括不了雾重庆的。

剧中那位诗人，最初引起了我的回忆，——他像一个朋友：不是身世太像，而是容貌上有几分，说话的神气有几分。到底像谁呢？说不上来。但是今天在一件事的议论纷纷之余，我陡然记起了，呀，有点像他，再细想，似乎不像的多。不过这位朋友的声音笑貌却缠住了我的回忆。我不知他现在在哪里？平安不？一个月前是知道的，不过，今天，鬼晓得，罪恶的黑手有时而且时时会攫去我们的善良的人。我又不知道和他在一处的另外几个朋友现在又在哪里了，也平安不？

于是我又想起了鲁迅先生。在《为了忘却的纪念》中，鲁迅先生说过那样意思的话：血的淤积，青年的血，使他窒息，于无奈何之际，他从血的淤积中挖一个小孔，喘一口气。这几年来，青年的血太多了，敌人给流的，自己给流的；我们兴奋，为了光荣的血，但也窒息，为了不光荣的没有代价的血。而且给喘一口气的小孔也几乎挖不出。

回忆有时是残忍的，健忘有时是一宗法宝。有一位历史家批评最后的蒲尔朋王朝❶说：他们什么也没有忘记，但什么也没有学得。为了学得，回忆有时是必要，健忘有时是不该。没

---

❶ 蒲尔朋王朝，通译波旁王朝。

有出息的人永远不会学得教训,然而历史是无情的。中华民族解放的斗争,不可免的将是长期而矛盾而且残酷,但历史还是依照它的法则向前。最后胜利一定要来,而且是我们的。让理性上前,让民族利益高于一切,让死难的人们灵魂得到安息。舞台在暗转,袁慕容的戏快完,家棣一定要上台,而且林卷妤的出走的去向,终究会有下落。

据说今后六十日至九十日,将是最严重的时期(美国陆长斯汀生之言);希特勒的春季攻势!敌人的南进,都将于此时期内爆发吧?而且那雾季不也完了吗?但是敌人南进,同时也不会放松对我们的攻势的!幻想家们呵,不要打如意算盘!被敌人的烟幕迷糊了心窍的人们也该清醒一下，事情不会那么简单。

夜是很深了吧？你看鼠子这样猖獗，竟在你面前公然踱方步。我开窗透点新鲜空气，茫茫一片，雾是更加浓了吧？已经不辨皂白。然而不一定坏。浓雾之后，朗天化日也跟着来。祝福可敬的朋友们，血不会是永远没有代价的！民族解放的斗争，不达目的不止，还有成千成万的战士们还没有死呢！

1941年2月16日夜

茅盾的散文既有自己的特点，也有"鲁迅风"的特点，他的许多散文都是在反映时代，同时也超越时代。文中，作者想起的鲁迅先生的话，其实是在痛斥国民党反动政府发动皖南事变，同室操戈，这样的事情让作者感到压抑和愤怒。请你想一想，鲁迅有没有写过类似的文章？请举出一例进行分析。

大地山河

在抗日战争前后，茅盾先生创作了一批散文作品，这些散文展现出了抗战前后及抗战期间茅盾奋力前行和思考的形象。通过这些散文作品，我们还可以看到民族的苦难以及民族先进分子的境界。具体到这篇散文，作者通过对江南水乡与西北高原景色的对比，展现了西北高原的雄浑壮观，从而抒发了作者对西北高原的喜爱和对祖国大好山河的赞美之情。本文叙述明晰而善于变化，文字凝练而富有诗情画意，以浓郁的情思和直抒胸臆的表达增强了文章的艺术感染力。巧用古代名句，善造意境。意境的营造和名句的妙用自然和谐、相得益彰，读后能让人获得"文中有画，画中有文"的美感，韵味无穷。此外，作者还采取了虚实结合的写法，虚与实相辅相成，使内容更加生动，思想感情的表达也更加形象。

住在西北高原的人们,不能想象江南太湖区域所谓"水乡"的居民的生活;所谓"暮春三月,江南草长,杂花生树,群莺乱飞",也还不是江南"水乡"的风光。缺少那交错密布的水道的西北高原的居民,听说人家的后门外就是河,站在后门口(那就是水阁的门),可以用吊桶打水,午夜梦回,可以听得橹声欸乃,飘然而过,总有点难以构成形象的吧?

没有到过西北——或者就是豫北陕南吧,——如果只看地图,大概总以为那些在普通地图上有名有目的河流,至少比江南"水乡"那些不见于普通地图上的"港"呀,"汊"呀,要大得多吧?至少总以为这些河终年汤汤,可以行舟的吧?有一个朋友曾到开封,那时正值冬季,他站在堤上,却还不知道他脚下所站的,就是有名的黄河堤岸;他向下视,只见有几股细水,在淤黄泥沙中流着,他还问:"黄河在哪里?"却不知这几股细水,就是黄河!原来黄河在水浅季节,就是几股细水!

大凡在地图上有名有目的西北的河,到了冬季水浅,就是和江南的沟渠一样的东西,摆几块石头在浅处,是可以徒涉的。

乌鲁木齐河,那也是鼎鼎大名的;然而当我看见马车涉河而过的时候,我惊讶于这就是乌鲁木齐河!学生们卷起裤管,就徒涉了延水的事,如果不是亲见,也觉得可惊,因为延水在地图上也是有名有目的呀!

但是当夏季涨水的当儿,这些河却也实在威风。延水一次上流涨水,把"女大"❶用以系住浮桥的一块几万斤重的大石头冲走了十多丈路。

光是从天空飞过,你不能具体地了解所谓"西北高原"的意义。光是从地上走过,你了解得也许具体些,然而还不够

---

❶ 女大,即延安中国女子大学。一九三九年成立,一九四一年九月并入延安大学。

"概括"（恕我借用这两个字）。

你从客机的高度仪的指针上看出你是在海拔三千多公尺以上了，然而你从玻璃窗向下看，嘿，城郭市廛，历历在目，多清楚！那时你会恍然于下边是高原了。但在你还得在地上走过，然后你这认识才能够补足。

你会不相信你不是在平地上。可不是一望平畴，麦浪起伏？可是你再极目远望，那边天际一道连山，不也是和你脚下的"平地"是并列的吗？有时你还觉得它比你脚下的低呢！要是凑巧，你的车子到了这么一个"土腰"，下面是万丈断崖，而这万丈断崖也还是中间阶段而已，那时你大概才切实地明白了高原之所以为高原了吧？

这也不是凭空可以想象的。

谢家的哥哥以"撒盐"比拟下雪，他的妹妹说，"未若柳絮因风舞"。自来都认为后者佳胜。自然，"柳絮因风舞"，多么清灵俊逸；但这是江南的雪景。如果说北方，那么谢家哥哥的比拟实在也没有错。当然也有下大朵的时候，那也是"柳絮"了，不过，"撒盐"时居多。

积在地上，你穿了长毡靴走过，那煞煞的响声，那颇有燥感的粉末，就会完全构成了"盐"的印象。要是在大野，一望皆白，平常多坎陷于浮土的道路，此时成为砥平而坚实，单马曳的雪橇轻溜溜地滑过，那时你真觉得心境清凉，——而实在，空气也清洁得好像滤过。

我曾在戈壁中远远看见一片白,颇惊讶于五月有雪,后来才知道这是盐池!

1941年8月19日

赏析现代散文时,我们常常会遇到"实"与"虚"的关系问题。一般来说,所谓"实",就是指可见可感的人、事、景等具体形象,所谓"虚"就是这些形象未直接显现的部分或隐藏在这些形象里的复杂、微妙的思想感情。而着眼点显然在"虚","实"应该是为"虚"服务的。请你结合全文,找出本文中"实"的描写和"虚"的描写,并分析作者这样安排的目的。

谈月亮

  茅盾在《谈月亮》这篇文章中重点谈了关于月亮的两件事：其一，是小时候与邻居老头子讨论月亮大小的问题，月亮真正岂有此理的"欺小"；其二，是写一对热恋中的青年男女为抗议家长的反对逃出家，作者代为向双方父母致信表决心，可惜抗争失败了，原来，中秋之夜，"是这月亮，水样的猫一样的月光勾起这女人的想家的心，把她变得脆弱些"。通过这两件事，作者仿佛懂得了一点儿关于月亮的"哲理"，认为向来有的一些关于月亮的文学好像几乎全是幽怨的、恬淡隐逸的，或者缥缈游仙的，展示的是月亮"消极"的一面。本文一反以往咏月、赏月的旧有腔调，突破了以往东西方月亮文学对月亮的正面视角，反思传统文化的消极因素，由"月亮"联系到"月亮文化"，从自然现象延伸到对社会文化的批判，由小观大，从艺术构思的角度看本文是"独辟蹊径"。

不知道什么原因,我跟月亮的感情很不好。我也在月亮底下走过,我只觉得那月亮的冷森森的白光,反而把凹凸不平的地面幻化为一片模糊虚伪的光滑,引人去上当;我只觉得那月亮的好像温情似的淡光,反而把黑暗潜藏着的一切丑相幻化为神秘的美,叫人忘记了提防。

月亮是一个大骗子,我这样想。

我也曾对着弯弯的新月仔细看望。我从没觉得这残缺的一钩儿有什么美;我也照着"诗人"们的说法,把这弯弯的月牙儿比作美人的眉毛,可是愈比愈不像,我倒看出来,这一钩的冷光正好像是一把磨得锋快的杀人的钢刀。

我又常常望着一轮满月。我见过她装腔作势地往浮云中间躲,我也见过她像一个白痴人的脸孔,只管冷冷地呆木地朝着我瞧;什么"广寒宫",什么"嫦娥",——这一类缥缈的神话,我永远联想不起来,可只觉得她是一个死了的东西,然而她偏不肯安分,她偏要"借光"来欺骗漫漫长夜中的人们,使他们沉醉于空虚的满足,神秘的幻想。

月亮是温情主义的假光明! 我这么想。

呵呵,我记起来了;曾经有过这么一回事,使得我第一次不信任这月亮。那时我不过六七岁,那时我对于月亮无爱亦无憎,有一次月夜,我同邻舍的老头子在街上玩。先是我们走,看月亮也跟着走;随后我们就各人说出他所见的月亮有多么大。"像饭碗口",是我说的。然而邻家老头子却说"不对",

他看来是有洗脸盆那样子。

"不会差得那么多的!"我不相信,定住了眼睛看,愈看愈觉得至多不过是"饭碗口"。

"你比我矮,自然看去小了呢。"老头子笑嘻嘻说。

于是我立刻去搬一个凳子来,站上去,一比,跟老头子差不多高了,然而我头顶的月亮还只有"饭碗口"的大小。我要求老头子抱我起来,我骑在他的肩头,我比他高了,再看看月亮,还是原来那样的"饭碗口"。

"你骗人哪!"我作势要揪老头儿的小辫子。

"嗯嗯,那是——你爬高了不中用的。年纪大一岁,月亮也大一些,你活到我的年纪,包你看去有洗脸盆那样大。"老头子还是笑嘻嘻。

我觉得失败了,跑回家去问我的祖父。仰起头来望着月亮,我的祖父摸着胡子笑着说:"哦哦,就跟我的脸盆差不多。"在我家里,祖父的洗脸盆是顶大的。于是我相信我自己是完全失败了。在许多事情上都被家里人用一句"你还小哩!"来剥夺了权利的我,于是就感到月亮也那么"欺小",真正岂有此理。月亮在那时就跟我有了仇。

呵呵,我又记起来了;曾经看见过这么一件事,使得我知道月亮虽则未必"欺小",却很能使人变得脆弱了似的,这件事,离开我同邻舍老头子比月亮大小的时候也总有十多年了。那时我跟月亮又回到了无恩无仇的光景。那时也正是中秋快近,忽然有从"狭的笼"里逃出来的一对儿,到了我的寓处。大家都是卯角之交,我得尽东道之谊。而且我还得居间办理"善后"。我依着他们俩铁硬的口气,用我自己出名,写了信给双方的父母,——我的世交前辈,表示了这件事恐怕已经不能够照"老辈"的意思挽回。信发出的下一天就是所谓"中秋",早起还落雨,偏偏晚上是好月亮,一片云也没有。我们正谈着"善后"事情,忽然发现了那个"她"不在我们一块儿。自然是最关心"她"的那个"他"先上楼去看去。等过好半晌,两个都不下来,我也只好上楼看一看到底为了什么。一看可把我弄糊涂了!男的躺在床上叹气,女的坐在窗前,仰起了脸,一边望着天空,一边抹眼泪。

"哎,怎么了?两口儿斗气?说给我来评评。"我不会想到另有别的问题。

"不是呀!——"男的回答,却又不说下去。

我于是走到女的面前,看定了她,——凭着我们小时也是捉迷藏的伙伴,我这样面对面朝她看是不算莽撞的。

"我想——昨天那封信太激烈了一点。"女的开口了,依旧望着那冷清清的月亮,眼角还噙着泪珠,"还是,我想,还是我回家去当面跟爸爸妈妈办交涉,——慢慢儿解决,将来他跟我爸爸妈妈也有见面之余地。"我耳朵里轰地响了一声。我不知道什么东西使得这个昨天还是嘴巴铁硬的女人现在忽又变计。但是男的此时从床上说过一句来道：

"她已经写信告诉家里，说明天就回去呢！"

这可把我吓了一跳。糟糕！我昨天全权代表似的写出两封信，今天却就取消了我的资格；那不是应着家乡人们一句话：什么都是我好管闲事闹出来的。那时我的脸色一定难看得很，女的也一定看到我心里，她很抱歉似的亲热地叫道："×哥，我会对他们说，昨天那封信是我的意思叫你那样写的！"

"那个，只好随它去；反正我的多事是早已出名的。"我苦笑着说，盯住了女的面孔。月亮光照在她脸上，这脸现在有几分"放心了"的神气；忽然她低了头，手捂住了脸，就像闷在瓮里似的声音说："我撇不下妈妈。今天是中秋，往常在家里妈给我……"

我不愿意再听下去。我全都明白了，是这月亮，水样的猫一样的月光勾起了这位女人的想家的心，把她变得脆弱些。

从那一次以后，我仿佛懂得一点关于月亮的"哲理"。我觉得我们向来有的一些关于月亮的文学好像几乎全是幽怨的，恬淡隐逸的，或者缥缈游仙的。跟月亮特别有感情的，好像就是高山里的隐士，深闺里的怨妇，求仙的道士。他们借月亮发了牢骚，又从月亮得到了自欺的安慰，又从月亮想象出"广寒宫"的缥缈神秘。读几卷书的人，平时不知不觉间熏染了这种月亮的"教育"，临到紧要关头，就会发生影响。

谈月亮

原始人也曾在月亮身上做"文章",——就是关于月亮的神话。然而原始人的月亮文学只限于月亮本身的变动;月何以东升西没,何以有缺有圆有蚀,原始人都给了非科学的解释。至多亦不过想象月亮是太阳的老婆,或者是姊妹,或者是人间的"英雄"逃上天去罢了。而且他们从不把月亮看成幽怨闲适缥缈的对象。不,现代澳洲的土人反而从月亮的圆缺创造了奋斗的故事。这跟我们以前的文人在月亮有圆缺上头悟出恬淡知足的处世哲学相比起来,差得多么远呀!

把月亮的"哲理"发挥得淋漓尽致的,也许只有我们中国吧?不但骚人雅士美女见了月亮,便会感发出许多的幽思离

愁，扭捏缠绵到不成话；便是喑呜叱咤的马上英雄也被写成了在月亮的魔光下只有悲凉，只有感伤。这一种"完备"的月亮"教育"会使"狭的笼"里逃出来的人也触景生情地想到再回去，并且我很怀疑那个邻舍老头子所谓"年纪大一岁，月亮也大一些"的说头未必竟是他的信口开河，而也许有什么深厚的月亮的"哲理"根据吧！

从那一次以后，我渐渐觉得月亮可怕。

我每每想：也许我们中国古来文人发挥的月亮"文化"，并不是全然主观的；月亮确是那么一个会迷人会麻醉人的家伙。

星夜使你恐怖，但也激发了你的勇气。只有月夜，说是没有光明吗？明明有的。然而这冷凄凄的光既不能使五谷生长，甚至不能晒干衣裳；然而这光够使你看见五个指头却不够辨别稍远一点的地面的坎坷。你朝远处看，你只见白茫茫的一片，消弭了一切轮廓。你变作"短视"了。你的心上会遮起了一层神秘的迷迷糊糊的苟安的雾。

人在暴风雨中也许要战栗，但人的精神，不会松懈，只有紧张；人撑着破伞，或者破伞也没有，那就挺起胸膛，大踏步，咬紧了牙关，冲那风雨的阵，人在这里，磨炼他的奋斗力量。然而清淡的月光像一杯安神的药，一粒微甜的糖，你在她的魔术下，脚步会自然而然放松了，你嘴角上会闪出似笑非笑的影子，你说不定会向青草地下一躺，眯着眼睛望天空，乱麻麻地不知想到哪里去了。

自然界现象对于人的情绪有种种不同的感应，我以为月亮引起的感应多半是消极。而把这一点畸形发挥得"透彻"的，恐怕就是我们中国的月亮文学。当然也有并不借月亮发牢骚，并不从月亮得了自欺的安慰，并不从月亮想象出神秘缥缈的仙境，但这只限于未尝受过我们的月亮文学影响的"粗人"吧！

我们需要"粗人"眼中的月亮；我又每每这么想。

1934年中秋后

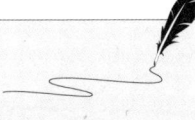

文中有这样一段话："把月亮的'哲理'发挥得淋漓尽致的，也许只有我们中国吧？不但骚人雅士美女见了月亮，便会感发出许多的幽思离愁，扭捏缠绵到不成话；便是喑呜叱咤的马上英雄也被写成了在月亮的魔光下只有悲凉，只有悲伤。"显然，这样的月亮是"可怕"的"消极"的。如果请你来写月亮，你会怎么写呢？

文章结尾说"我们需要'粗人'眼中的月亮"，你认为何谓"粗人"？作者这么写有什么深意？

黄昏

  1927年大革命失败后，中国社会风雨如磐，白色恐怖极其严重，正是在这样的时代背景下，茅盾先生写下了著名的散文《黄昏》。本文主要是通过对大海的景色描写渲染黄昏时的情状。通篇不着"黄昏"二字，但黄昏之态却极其生动、鲜明。作者反古人"日薄西山，气息奄奄，人命危浅，朝不虑夕"之意，另创新意，给夕阳赋予了崇高的抱负、博大的胸怀、坚定的信念。在这里，夕阳象征着"今天的历史革命"完成，"明天，从海的那一头，我将威武地升起来，给你们光明，给你们温暖，给你们快乐"！作者在文中对海上黄昏景色极力渲染，重在刻画夕阳的壮美，其实是在讴歌中国共产党及其所领导的革命力量前赴后继的大无畏斗争精神，表达出作者对革命事业必然胜利的坚定信念和乐观主义精神。

海是深绿色的,说不上光滑;排了队的小浪开正步走,数不清有多少,喊着口令"一,二——一"似的,朝喇叭口的海塘来了。挤到沙滩边,啵嘶!——队伍解散,喷着愤怒的白沫。然而后一排又赶着扑上来了。

三只五只的白鸥轻轻地掠过,翅膀扑着波浪,——一点一点躁怒起来的波浪。

风在掌号。冲锋号!小波浪跳跃着,每一个像个大眼睛,闪射着金光。满海全是金眼睛,全在跳跃。海塘下空隆空隆地腾起了喊杀。

而这些海的跳跃着的金眼睛重重叠叠一排接一排,一排怒似一排,一排比一排浓溢着血色的赤,连到天边,成为绀金色的一抹。这上头,半轮火红的夕阳!

半边天烧红了,重甸甸地压在夕阳的光头上。

愤怒地挣扎的夕阳似乎在说:

——哦,哦!我已经尽了今天的历史的使命,我已经走完了今天的路程了!现在,现在,是我的休息时间到了,是我的死期到了!哦,哦!却也是我的新生期快开始了!明天,从海的那一头,我将威武地升起来,给你们光明,给你们温暖,给你们快乐!

呼——呼——

风带着永远不会死的太阳的宣言到全世界。高的喜马拉雅山的最高峰,汪洋的太平洋,阴郁的古老的小村落,银的白光冻凝了的都市,——一切,一切,夕阳都喷上了一口血焰!

两点三点白鸥划破了渐变为赭色的天空。

风带着夕阳的宣言走了。

像忽然融化了似的,海的无数跳跃着的金眼睛摊平为暗绿的大面孔。

远处有悲壮的笳声。

夜的黑幕沉重地将落未落。

不知到什么地方去过一次的风,忽然又回来了;这回是打着鼓似的:勃仑仑,勃仑仑!不,不单是风,有雷!风挟着雷声!

海又动荡,波浪跳起来,轰!轰!

在夜的海上,大风雨来了!

黄昏

本文虽然文采斐然,但作者的感情很沉重。作者在写夕阳的时候,采取了象征的手法,在作者笔下,夕阳不是颓废、没落、自暴自弃者的化身,寄寓的也并不是颓败、消沉、沦落的思想,而是赋予了一种崭新的意境。请联系全文内容和当时的时代背景思考,作者笔下的夕阳象征着什么?作者想赋予夕阳什么样的新意境?

雾

　　本文发表于1929年2月。1927年"四一二"反革命政变发生后,当时的中国处于一片白色恐怖之中,那些怀有崇高理想、追求进步的人们面对大革命的失败,内心无比苦闷。茅盾先生写这篇文章时,正在流亡之中。他很早就参加了革命,但面对当时中国的现状,茅盾感到苦闷、颓唐,虽想挣扎却无处着力、无能为力,于是就采用了象征的手法描写自己的心情,创作了这篇《雾》。当然,面对现实,茅盾并没有一味地苦闷和沉沦下去,他希望出现疾风暴雨,显现出一种乐观向上的战斗精神,这也让我们想起了高尔基《海燕》中的呐喊:"让暴风雨来得更猛烈些吧!"面对当时笼罩全国的白色恐怖,文中多处使用象征手法,借助具体的形象,表达作者的个人情感。这种象征手法,在茅盾的散文中屡见不鲜。

雾遮没了正对着后窗的一带山峰。

我还不知道这些山峰叫什么名儿。我来此的第一夜就看见那最高的一座山的顶巅像钻石装成的宝冕似的灯火。那时我的房里还没有电灯，每晚上在暗中默坐，凝望着半空的一片光明，使我记起了儿时所读的童话。实在的呢，这排列得很整齐的依稀分为三层的火球，衬着黑魆魆的山峰的背景，无论如何，是会引起非人间的缥缈的思想的。

但在白天看来，却平凡得很。并排的五六个山峰，差不多高低，就只最西的一峰戴着一簇房子，其余的仅只有树；中间最大的一峰竟还有濯濯的一大块，像是癞子头上的疮疤。

现在那照例的晨雾把什么都遮没了，就是稍远的电线杆也躲得毫无影踪。

渐渐地太阳光从浓雾中钻出来了。那也是可怜的太阳呢！光是那样的淡弱。随后它也躲开，让白茫茫的浓雾吞噬了一切，包围了大地。

我诅咒这抹煞一切的雾！

我自然也讨厌寒风和冰雪。但和雾比较起来，我是宁愿后者呵！寒风和冰雪的天气能够杀人，但刺激人们活动起来奋斗。雾，雾呀，只使你苦闷，使你颓唐阑珊，像陷在烂泥淖中，满心想挣扎，可是无从着力呢！

傍午的时候，雾变成了牛毛雨，像帘子似的老是挂在窗前。两三丈以外，便只见一片烟云——依然遮抹一切，只不是雾样的罢了。没有风。门前池中的残荷梗时时忽然急剧地动摇起来,接着便有红鲤鱼的活泼泼地跳跃划破了死一样平静的水面。

我不知道红鲤鱼的轨外行动是不是为了不堪沉闷的压迫?在我呢,既然没有杲杲的太阳,便宁愿有疾风大雨,很不耐这愁雾的后身的牛毛雨老是像帘子一样挂在窗前。

1928年11月14日

读与思

1927年大革命失败后,全国都笼罩在白色恐怖中。面对当时的特殊时代,茅盾的散文中经常运用象征手法,用具体的物寄托自己的个人感情。在这篇散文中,作者用"雾"来象征当时的险恶时局,是非常贴切的。结合全文,联系时代背景,你能不能找出文中的其他象征?再想一想,茅盾的其他散文中有没有类似的象征手法运用呢?请举例说明。

雷雨前

　　《雷雨前》是茅盾散文写作进入第二阶段的代表作，发表于1934年9月。20世纪30年代初期，是中国革命历史上最黑暗的时期。一方面，日本帝国主义的铁蹄已踏入中国，国民党反动派却打着"攘外必先安内"的旗号，对中央苏区和革命力量实行残酷围剿，整个中国处于黎明前最黑暗的前夜；另一方面，中国革命已经逐渐走出大革命失败时的低潮，作者看到了人民的力量，尤其是中国共产党正在成为全国革命力量的核心，让人看到了希望。茅盾就是在这样的背景下写作了《雷雨前》。全文按时间顺序，从清晨写起，勾画闷热、干旱、怨气冲天的景象；在这种背景下，雷电巨人怒不可遏；继而写巨人的大刀引发了震天的惊雷；最后写巨人发起了进攻，作者由衷地发出呼唤：让暴风雨来得"再急些！再响些吧"！

雷雨前

清早起来，就走到那座小石桥上。摸一摸桥石，竟像还带点热。昨天整天里没有一丝儿风。晚快边响了一阵子干雷，也没有风，这一夜就闷得比白天还厉害。天快亮的时候，这桥上还有两三个人躺着，也许就是他们把这些石头又困得热烘烘。

满天里张着个灰色的幔。看不见太阳。然而太阳的威力好像透过了那灰色的幔，直逼着你头顶。

河里连一滴水也没有了，河中心的泥土也裂成乌龟壳似的。田里呢，早就像开了无数的小沟，——有两尺多阔的，你能说不像沟吗？那些苍白色的泥土，干硬得就跟水门汀差不多。好像它们过了一夜工夫还不曾把白天吸下去的热气吐完，这时它们那些扁长的嘴巴里似乎有白烟一样的东西往上冒。

站在桥上的人就同浑身的毛孔全都闭住，心口泛淘淘，像要呕出什么来。

这一天上午，天空老张着那灰色的幔，没有一点点漏洞，也没有动一动。也许幔外边有的是风，但我们罩在这幔里的，把鸡毛从桥头抛下去，也没见它飘飘扬扬踱方步。就跟住在抽出了空气的大筒里似的，人张开两臂用力行一次深呼吸，可是吸进来只是热辣辣的一股闷气。

汗呢，只管钻出来，钻出来，可是胶水一样，胶得你浑身不爽快，像结了一层壳。

午后三点钟光景，人像快要干死的鱼，张开了一张嘴，忽然天空那灰色的幔裂了一条缝！不折不扣一条缝！像明晃晃的刀口在这幔上划过。然而划过了，幔又合拢，跟没有划过的时候一样，透不进一丝儿风。一会儿，长空一闪，又是那灰色的幔裂了一次缝。然而中什么用？

像有一只巨人的手拿着明晃晃的大刀在外边想挑破那灰色的幔，像是这巨人已在咆哮发怒越来越紧了，一闪一闪满天空瞥过那大刀的光亮，隆隆隆，幔外边来了巨人的愤怒的吼声！

猛可的闪光和吼声都没有了，还是一张密不通风的灰色的幔！

空气比以前加倍闷！那幔比以前加倍厚！天加倍黑！

你会猜想这时那幔外边的巨人在揩着汗，歇一口气；你断得定他还要进攻。你焦躁地等着，等着那挑破灰色幔的大刀的一闪电光，那隆隆的怒吼声。

可是你等着，等着，却等来了苍蝇。它们从龌龊的地方飞出来，嗡嗡嗡的，绕住你，钉你的涂一层胶似的皮肤。戴红顶子像个大员模样的金苍蝇刚从粪坑里吃饱了来，专拣你的鼻子尖上蹲。

也等来了蚊子，哼哼哼地，像老和尚念经，或者老秀才读古文。苍蝇给你传染病，蚊子却老实要喝你的血呢！

你跳起来拿着蒲扇乱扑，可是赶走了这一边的，那一边又是一大群乘隙进攻。你大声叫喊，它们只回答你个哼哼哼，嗡嗡嗡！

外边树梢头的蝉儿却在那里唱高调："要死哟！要死哟！"

你汗也流尽了，嘴里干得像烧，你手脚也软了，你会觉得世界末日也不会比这再坏！

然而猛可地电光一闪，照得屋角里都雪亮。幔外边的巨人一下子把那灰色的幔扯得粉碎了！轰隆隆，轰隆隆！他胜利地叫着。呼——呼——挡在幔外边整整两天的风开足了超高速度扑来了！蝉儿噤声，苍蝇逃走，蚊子躲起来，人身上像剥落了一层壳那么一爽。

霍！霍！霍！巨人的刀光在长空飞舞。

轰隆隆，轰隆隆，再急些！再响些吧！

让大雷雨冲洗出个干净清凉的世界！

茅盾自己谈到这篇作品时曾经说："《雷雨前》是用象征的手法，描绘了20世纪30年代中期中国的政治与社会矛盾，特别暗示：1934年虽然是国民党加紧在军事上、政治上、文化上对革命力量大举'围剿'的一年，黑暗似乎更深沉了，然而涤荡一切污浊的暴风雨却正在酝酿，即将来临，长夜终将过去。"请结合时代背景思考，文中的"灰色的幔""天外巨人""大雷雨"各象征什么？

沙滩上的脚迹

　　本文和《雷雨前》一样，都是创作于20世纪30年代的散文，都是具有浓郁象征意味的抒情散文，本文接近于散文诗。茅盾先生曾说过："我愿意推荐《雷雨前》和《沙滩上的脚迹》；这两篇也是象征意义的散文，但所象征者，和《白杨礼赞》与《风景谈》之所象征，时代不同，背景也不同，方法也不同，可以说，《白杨礼赞》等两篇只是把真人真地用象征手法来描写，而《雷雨前》等两篇，是用象征的手法描写了20世纪30年代整个中国的政治与社会矛盾。"本文以辨认脚迹为外在线索，以情绪变化为内在线索，通过对沙滩上多种脚迹的辨认，描写了人们在寻找人生出路中出现的彷徨、悲观、等待、失望、坚定和努力求索的心路历程，表达了作者在逆境中仍对革命前途充满希望和信心的人生态度。

他，独自一人，在这黄昏的沙滩上彳亍❶。

什么都看不分明了，仅可辨认，那白茫茫的知道是沙滩，那黑魆魆的是酝酿着暴风雨的海。

远处有一点光明，知道是灯塔。

他，用心火来照亮了路，可也不能远，只这么三二尺地面，他小心地走着，走着。

猛可地，天空瞥过了锯齿形的闪电。他看见不远的前面有黑簇簇的一团，呵呵，这是"夜的国"吗，还是妖魔的堡寨？

他又看见离身丈把路的沙上，是满满的纵横重叠的脚迹。

哈哈，有了！赶快！他狂喜地跳着，想踏上那些该是过去人的脚迹。

他浑身一使劲，迸出个更大些的心火来。

他伛着腰，辨认那纵横重叠的脚迹，用他的微弱的心火的光焰。

咄！但是他吃惊地叫了起来。

这纵横重叠的，分明是禽兽的脚迹。大的，小的，新的，旧的，延展着，延展着，不知有几多远。而他，孤零零站在这兽迹的大海中间。

他惘然站着，失却了本来的勇气；心头的火光更加微弱，黄苍苍得像一个毛月亮，更不能照他一步两步远。

---

❶ 彳亍：chì chù，意思为漫步行走；徘徊：比喻犹豫不定。

于是抱着头,他坐在沙上。

他坐着,他想等到天亮;他相信:这纵横重叠的鸟兽的脚迹中,一定也有一些是人的脚迹,可以引上康庄大道,达到有光明温暖的人的处所的脚迹,只要耐守到天明,就可以辨认出来。

他耐心地等着,抱着头,连远处的灯塔也不望它一眼。他相信,在恐怖的黑夜中,耐心等候是不错的。然而,然而——

隆隆隆地,他听到了叫他汗毛直竖的怪响了。这不是雷鸣,也不是海啸,他猛一抬头,看见无数青面獠牙的夜叉从海边的黑浪里涌出来,夜叉们一手是钢刀,一手是人的黑心炼成的金元宝,慌慌张张在找觅牺牲品。

他又看见跟在夜叉背后的,是妖媚的人鱼,披散了长发,高耸着一对浑圆的乳峰,坐在海滩的鹅卵石上,唱迷人的歌曲。

他闭了眼,心里这才想到等候也不是办法;他跳了起来,用最后的一分力,把心火再旺起来,打算找路走。可是——那边黑簇簇的一团这时闪闪烁烁飞出几点光来,飞出的更多了!光点儿结成球了,结成线条了,终于青闪闪地排成了四个大字:光明之路!

呵!哦!他得救地喊了一声。

这当儿,天空又洒下了锯齿形的闪电。是锯齿形!直要把这昏黑的天锯成两半。在电光下,他看得明明白白,那边是一些七分像人的鬼怪,手里都有一根长家伙,怕就是人身上的什么骨头,尖端吐出青绿的鬼火,是这鬼火排成了好看的字。

在电光下，他又分明看到地下重重叠叠的脚迹中确也有些人样的脚迹，有的已经被踏乱，有的却还清楚，像是新的。

他的心一跳，心好像放大了一倍，从心里射出来的光也明亮得多了；他看见地下的脚迹中间还有些虽则外形颇像人类但确是什么只穿着人的靴子的妖魔的足印，而且他又看见旁边有小小的孩子们的脚印。有些天真的孩子上过当！

然而他也在重重叠叠的兽迹和冒充人类的什么妖怪的足印下，发现了被埋藏的真的人的足迹。而这些脚迹向着同一的方向，愈去愈密。

他觉得愈加有把握了，等天亮再走的念头打消得精光，靠着心火的照明，在纵横杂乱的脚迹中他小心地辨认着真的人的足印，坚定地前进！

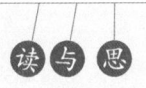

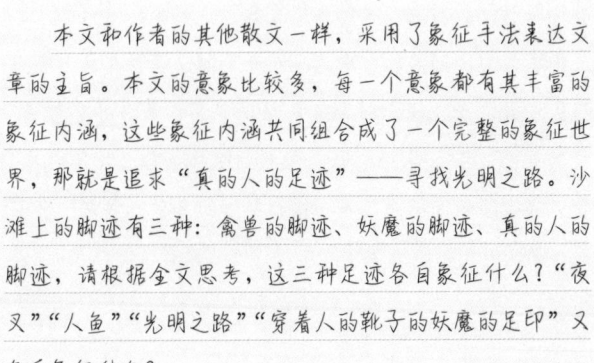

本文和作者的其他散文一样，采用了象征手法表达文章的主旨。本文的意象比较多，每一个意象都有其丰富的象征内涵，这些象征内涵共同组合成了一个完整的象征世界，那就是追求"真的人的足迹"——寻找光明之路。沙滩上的脚迹有三种：禽兽的脚迹、妖魔的脚迹、真的人的脚迹，请根据全文思考，这三种足迹各自象征什么？"夜叉""人鱼""光明之路""穿着人的靴子的妖魔的足印"又各自象征什么？

风景谈

《风景谈》是茅盾于1940年5月由新疆到延安亲历了5个月不寻常的生活后于重庆写就的。此时的茅盾已离开延安，置身于国统区重庆的白色恐怖之中，这里没有创作的自由。作者不畏险恶环境，采用含蓄的艺术表现手法，抒发了对抗日根据地军民和谐生活的赞美之情。《风景谈》是茅盾抒情散文的代表作之一，与被誉为姐妹篇的《白杨礼赞》成为现代散文名篇。这篇散文以观看《塞上风云》预告片而引起的回忆、联想贯穿全篇，采用电影艺术的手法来构筑画面，辅以电影中"画外音"似的画龙点睛之笔来凸显主题。全文由六幅相互关联的画面组成：沙漠驼阵、农歌夜唱、学员晚归、荒山雨景、桃林茶社、北国风光。全文描绘的六幅画面，第一幅是引子，其余五幅描绘的都是作家延安之行的见闻、感受。作者"大题小做"，在"谈风景"中凸显"伟大中之最伟大者"。

风景谈

前夜看了《塞上风云》的预告片，便又回忆起猩猩峡外的沙漠来了。那还不能被称为"戈壁"，那在普通地图上，还不过是无名的小点，但是人类的肉眼已经不能望到它的边际，如果在中午阳光正射的时候，那单纯而强烈的反光会使你的眼睛不舒服；没有隆起的沙丘，也不见有半间泥房，四顾只是茫茫一片，那样的平坦，连一个"坎儿井"也找不到；那样的纯然一色，即使偶尔有些驼马的枯骨，它那微小的白光，也早融入了周围的苍茫；又是那样的寂静，似乎只有热空气在作哄哄的火响。然而，你不能说，这里就没有"风景"。当地平线上出现了第一个黑点，当更多的黑点成为线，成为队，而且当微风把铃铛的柔声，叮当，叮当，送到你的耳鼓，而最后，当那些昂然高步的骆驼，排成整齐的方阵，安详然而坚定地愈行愈近，当骆驼队中领队驼所掌的那一杆长方形猩红大旗映入你眼帘，而且大小叮当的谐和的合奏充满了你耳朵，——这时间，也许你不出声，但是你的心里会涌上了这样的感想的：多么庄严，多么妩媚呀！这里是大自然的最单调最平板的一面，然而加上了人的活动，就完全改观，难道这不是"风景"吗？自然是伟大的，然而人类更伟大。

于是我又回忆起另一个画面，这就在所谓"黄土高原"！那边的山多数是秃顶的，然而层层的梯田，将秃顶装扮成稀稀落落有些黄毛的癞头，特别是那些高秆植物颀长而整齐，等待检阅的队伍似的，在晚风中摇曳，别有一种惹人怜爱的姿态。

可是更妙的是三五月明之夜,天是那样的蓝,几乎透明似的,月亮离山顶,似乎不过几尺,远看山顶的小米丛密挺立,宛如人头上的怒发,这时候忽然从山脊上长出两支牛角来,随即牛的全身也出现,掮着犁的人形也出现,并不多,只有三两个,也许还跟着个小孩,他们姗姗而下,在蓝的天,黑的山,银色的月光的背景上,成就了一幅剪影,如果给田园诗人见了,必将赞叹为绝妙的题材。可是没有完。这几位晚归的种地人,还把他们那粗朴的短歌,用愉快的旋律,从山顶上飘下来,直到他们没入了山坳，依旧只有蓝天明月黑魆魆的山，歌声可是缭绕不散。

　　另一个时间。另一个场面。夕阳在山，干坼的黄土正吐出它在一天内所吸收的热，河水汤汤急流，似乎能把浅浅河床中的鹅卵石都冲走了似的。这时候，沿河的山坳里有一队人，从"生产"归来，兴奋的谈话中，至少有七八种不同的方音。忽然间，他们又用同一的音调，唱起雄壮的歌曲来了，他们的爽朗的笑声，落到水上，使得河水也似在笑。看他们的手，这是惯拿调色板的，那是昨天还拉着提琴的弓子伴奏着《生产曲》的，这是经常不离木刻刀的，那又是洋洋洒洒下笔如有神的，但现在，一律都被锄锹的木柄磨起了老茧了。他们在山坡下，被另一群所迎住。这里正燃起熊熊的野火，多少曾调朱弄粉的手儿，已经将金黄的小米饭，翠绿的油菜，准备齐全。这时候，太阳已经下山，却将它的余晖幻成了满天的彩霞，河水喧哗得更响了，跌在石上的便喷出了雪白的泡沫，人们把沾着黄土的脚伸在水里，任它冲刷，或者掬起水来，洗一把脸。在背山面水这样一个所在，静穆的自然和弥漫着生命力的人，就织成了美妙的图画。

　　在这里，蓝天明月，秃顶的山，单调的黄土，浅浅的水，似乎都是最恰当不过的背景，无可更换。自然是伟大的，人类是伟大的，然而充满了崇高精神的人类的活动，乃是伟大中之尤其伟大者！

我们都曾见过西装革履烫发旗袍高跟鞋的一对儿，在公园的角落，绿荫下长椅上，悄悄儿说话，但是试想一想，如果在一个下雨天，你经过一边是黄褐色的浊水，一边是怪石峭壁的崖岸，马蹄很小心地探入泥浆里，有时还不免打了一下跌撞，四面是静寂灰黄，没有一般所谓的生动鲜艳，然而，你忽然抬头看见高高的山壁上有几个天然的石洞，三层楼的亭子间似的，一对人儿促膝而坐，只凭剪发式样的不同，你方能辨认出一个是女的，他们被雨赶到了那里，大概聊天也聊够了，现在是摊开着一本札记簿，头凑在一处，一同在看，——试想一想，这样一个场面到了你眼前时，总该和在什么公园里看见了长椅上有一对儿在偎依低语，颇有点味儿不同吧？如果在公园时你一眼瞥见，首先第一会是"这里有一对恋人"，那么，此时此际，倒是先感到那样一个沉闷的雨天，寂寞的荒山，原始的石洞，安上这么两个人，是一个"奇迹"，使大自然顿时生色！他们之是否恋人，落在问题之外。你所见的，是两个生命力旺盛的人，是两个清楚明白生活意义的人，在任何情形之下，他们不倦怠，也不会百无聊赖，更不至于从胡闹中求刺戟，他们能够在任何情况之下，拿出他们那一套来，怡然自得。但是什么能使他们这样呢？

不过仍旧回到"风景"吧；在这里，人依然是"风景"的构成者，没有了人，还有什么可以称道的？再者，如果不是内生活极其充实的人作为这里的主宰，那又有什么值得怀念？

再有一个例子：如果你同意，二三十棵桃树可以称为林，那么这里要说的，正是这样一个桃林。花时已过，现在绿叶满株，却没有一个桃子。半爿旧石磨，是最漂亮的圆桌面，几尺断碑，或是一截旧阶石，那又是难得的几案。现成的大小石块作为凳子，——而这样的石凳也还是以奢侈品的姿态出现。这些怪样的家具之所以成为必要，是因为这里有一个茶社。桃林前面，有老百姓种的荞麦，也有大麻和玉米这一类高秆植物。荞麦正当开花，远望去就像一张粉红色的地毯，大麻和玉米就像是屏风，靠着地毯的边缘。太阳光从树叶的空隙落下来，在泥地上，石家具上，一抹一抹的金黄色。偶尔也听得有草虫在叫，住在林边树上的马儿伸长了脖子就树干搔痒，也许是乐了，便长嘶起来。"这就不坏！"你也许要这样说。可不是，这里是有一般所谓"风景"的一些条件的！然而，未必尽然。在高原的强烈阳光下，人们喜欢把这一片树荫作为户外的休息地点，因而添上了什么茶社，这是这个"风景区"成立的因缘，但如果把那二三十棵桃树，半爿磨石，几尺断碣，还有荞麦和大麻玉米，这些其实到处可遇的东西，看成了此所谓风景区的主要条件，那或者是会贻笑大方的。中国之大，比这美得多的所谓风景区，数也数不完，这个值得什么？所以应当从另一方面去看。现在请你坐下，来一杯清茶，两毛钱的枣子，也做一次桃园的茶客吧。如果你愿意先看女的，好，那边就有三四个，大概其中有一位刚接到家里寄给她的一点钱，今天来请请同伴。那边又有几位，也围着一个石桌子，但只把随身带来的书籍代替了枣子和茶了。更有两位虎头虎脑的青年，他们走过"天下最难走的路"，现在却静静地坐着，温雅得和闺女一般。男女混合的一群，有坐的，也有蹲的，争论着一个哲学上的问题，时时哗然大笑，就在他们旁边，长石条上躺着一位，一本书掩住了脸。这就够了，不用再多看。总之，这里有特别的氛围，但并不古怪。人们来这里，只为恢复工作后的疲劳，随便喝点，要是袋里有钱；或不喝，随便谈谈天；在有闲的只想找一点什么来消磨时间的人们看来，这里坐得不舒服，吃的喝的也太粗糙简单，也没有什么可以供赏玩，至多来一次，第二次保管厌倦。但是不知道消磨时间为何物的人们却把这一片简陋的绿荫看得很可爱，因此，这桃林就很出名了。

因此，这里的"风景"也就值得留恋，人类的高贵精神的辐射，填补了自然界的疲乏，增添了景色，形式的和内容的。人创造了第二自然！

最后一段回忆是五月的北国。清晨，窗纸微微透白，万籁俱静，嘹亮的喇叭声，破空而来。我忽然想起了白天在一本贴照簿上所见的第一张，银白色的背景前一个淡黑的侧影，一个号兵举起了喇叭在吹，严肃、坚决、勇敢，和高度的警觉，都表现在小号兵的挺直的胸膛和高高的眉棱上边。我赞美这摄影家的艺术，我回味着，我从当前的喇叭声中也听出了严肃、坚决、勇敢和高度的警觉来，于是我披衣出去，打算看一看。空气非常清冽，朝霞笼住了左面的山，我看见山峰上的小号兵了。霞光射住他，只觉得他的额角异常发亮，然而，使我惊叹叫出声来的，是离他不远有一位荷枪的战士，面向着东方，严肃地站在那里，犹如雕像一般。晨风吹着喇叭的红绸子，只这是动的，战士枪尖的刺刀闪着寒光，在粉红的霞色中，只这是刚性的。我看得呆了，我仿佛看见了民族的精神化身而为他们两个。

如果你也当它是"风景"，那便是真的风景，是伟大中之最伟大者！

1940年12月，于枣子岚垭

读与思

《风景谈》就是谈风景，这里的"风景"，不仅包括自然景观，而且包括人们的活动。表面上谈的是自然"风景"，实际上是在写主宰"风景"的人。这不由得让我们想起作者的另一篇散文《白杨礼赞》。两篇散文都是赞美延安抗日根据地军民的精神风貌，但两者的写法又有不同。你能从两篇文章的结构、表现手法等角度说出两者的不同之处吗？

茅盾

以天下为己任的文人

茅盾，1896年7月4日生于浙江省桐乡市乌镇。原名沈德鸿，字雁冰，现代著名作家、文学评论家、文化活动家和社会活动家。

茅盾出身于一个思想观念颇为新颖的家庭里，从小接受新式的教育。后考入北京大学预科，1916年进入上海商务印书馆工作。1921年与郑振铎、叶圣陶、王统照等人发起组织"文学研究会"。提倡现实主义文学，先后任《小说月报》编辑、主编，《民国日报》主笔，成为文学研究会的首席评论家，从此走上了改革中国文艺的道路。此时，他由上海共产主义小组成员转为正式党员，下广州参加国民党第二次全国代表大会，曾担任过国民党中央宣传部秘书一职，他是新文化运动的先驱者，中国革命文艺的奠基人之一。

1928年东渡日本，1930年回国加入中国左翼作家联盟（以下简称"左联"）。抗日战争爆发后在上海主编《烽火》周刊，后任香港《文艺阵地》主编、新疆学院教育系主任，中苏文化协会新疆分会会长。1940年赴延安在鲁迅艺术文学院讲学，后在重庆、香港等地从事文化活动。1946年访问苏联。1949年后历任中国作家协会主席、中国文学艺术界联合会副主席、《人民文学》《译文》杂志主编、全国人大代表、全国政协副主席。1981年3月27日，茅盾逝世。

1927年7月，第一次国内革命战争失败，第一次国共合作破裂之后，自武汉流亡至上海，后去日本。开始写作处女作《蚀》三部曲（《幻灭》《动摇》《追求》）和《虹》。这段实际的革命活动的经历铸成他的时代概括力和文学的全社会视野，早期作品的题材也多取于此。茅盾的小说，素以全景式地展现宏阔的社会生活画面见长。"左联"期间，他写出了长篇小说《子夜》、短篇小说《林家铺子》、"农村三部曲"（《春蚕》《秋收》《残冬》）。后辗转于香港、新疆、延安、重庆、桂林等地，发表了长篇小说《腐蚀》《霜叶红似二月花》《锻炼》和剧本《清明前后》等。

茅盾非常善于观察生活，他的作品自然不仅只涉及农村问题，在《林家铺子》中，茅盾还看到了城市小资产者的挣扎。林先生和店员寿生都是做生意的能手，也都竭尽全力来和经营他们的铺子，但在反动政府苛捐杂税、国民党反动分子敲诈勒索、高利贷盘剥、同行业中伤，尤其是民众没有购买力等的"围攻"之下，铺子最终逃不了倒闭的命运。茅盾以批判和冷静的笔触，真实再现了帝国主义和反动政府压迫下，正当工商业者和贫民无路可走的社会现状，这是一个时代的缩影。

狄德罗认为，"人物的性格要根据他们的处境来决定"。恩格斯关于"真实地再现典型环境中的典型人物"的命题，更是科学地揭示了典型人物与典型环境的辩证关系。一方面，典型性格是在典型环境中形成的；另一方面，典型人物也并非永远在环境面前无能为力，在一定的条件下，他又可以对环境发生反作用。茅盾的作品，通过典型环境中的典型人物来反映现实生活，体现现实主义原则。

《春蚕》中的老通宝被置于特定的历史背景之下，他性格深处坚韧不拔的特质，显示着新的深度。勤劳质朴、本分善良的老通宝，虽然屡遭挫折，但不甘屈服于自己的破败境地，始终靠自己的气力、忍耐、执拗与命运作抗争，直至生命的终结。茅盾对于这位富有个性特征，同时又具有共性特征的老一代农民的人物形象的塑造，深化了人物特性与时代内涵的联系。

在《林家铺子》中，林老板的命运，其实正是那个时代千千万万个小商人的共同命运。林家铺子的倒闭，正是特定历史时期，中国民族资产阶级，尤其是小资产者典型的历史命运。林老板没有冒险家的胆量，他小心谨慎、安分守己。对待顾客，他眼神温和，价格让步，但仍旧难逃店铺倒闭的命运。最后，他到了性格的反面，欺骗更加弱小的债主。在生活的压力面前，林老板变成了自己最不齿的那一类人。

茅盾代表整整一代的小说，直至20世纪80年代现代派的先锋小说兴起，一种更偏于个人内心的新一代叙事风行于世。这并不奇怪，茅盾在20世纪绝大部分时间所充当的，也是这种"新兴"作家的角色。现实主义关注社会生活，强调真实能动地反映社会生活；典型化，不仅是环境的典型，也指人物的典型。在这一创作方法上，茅盾深得精髓。典型环境下的典型人物的塑造，性格鲜明，思想深度足够，这是他许多小说的成功之处。

艺术真实是主观的真实，诗艺的真实，假定的真实，内蕴的真实。简单说，艺术不是对社会生活的直白反映，而是一种"真实的虚构"。这一观点，几乎适用于所有的文艺作品，对于现实主义，更是如此。茅盾的"农村三部曲"以及《林家铺子》，正是在这样的一种真实的虚构之下，才具备了打动人心的力量。

小说《子夜》以民族工业资本家吴荪甫和买办金融资本家赵伯韬的矛盾和斗争为主线，以上海为中心，描写了1930年5月至7月两个多月中所发生的事件，而这些事件又隐伏着中国社会过去和未来的脉络，将纷繁复杂而具有重大社会意义、历史意义的生活现象，通过严谨宏大的艺术结构表现了出来。

《子夜》初版出版于1933年1月，震动了中国文坛，瞿秋白把这一年称为"子夜年"，可见它的影响之大。这部长篇小说围绕着吴荪甫与赵伯韬之间的尖锐矛盾，全方位、多角度地描绘了20世纪30年代初的中国社会，并通过这些多姿多彩的生活画面，艺术地再现了第二次国内革命战争时期的风云，反映了革命深入发展、星火燎原的中国社会风貌。茅盾以《子夜》这部长篇杰作的创作，为中国无产阶级革命文学事业、左翼文学阵营建立了不可磨灭的历史功绩。

当时国内外形势风云变幻，军阀之间攻伐激烈，广大农村阶级矛盾尖锐，资本主义世界周期性经济危机殃及中国。中国的民族工业，由于特殊的历史条件，明显先天不足，为摆脱困境，资本家加大对工人的剥削，工人与资本家的矛盾不断上升，包括帝国主义不断控制中国经济命脉等状况，在小说中都得到了真实的反映。

吴荪甫正是在不脱离这些社会现实的前提下，为艺术真实而生的一位民族工业资本家。这位具有双重性的复杂人物形象，一方面，抵抗帝国主义、买办资产阶级，努力发展民族工业；另一方面，却又榨取工人血汗，仇视工人运动和农民武装起义。可以说，进步性与反动性、软弱性与坚韧性等各种对立矛盾的性格特征，在吴荪甫身上得到了集中体现，正是这种矛盾状态的吴荪甫，显得更加真实，更加打动人心。

此外，茅盾的现实主义文学以反映时代风貌为特点，但它对于社会生活的探索，又不仅仅局限于寻求某些必须变革或加以否定的东西，还努力挖掘推进生活和时代前进的东西。也就是说，其文学作品也展现出了革命的理想，"隐隐指出生活的希望""把光明的路指导给烦闷者"。从黑暗中看到光明的未来，这是茅盾小说的一个突出特点，也是其现实主义创作方法的一大亮点。

在《春蚕》中，茅盾塑造了阿多这一觉醒和逐渐成长的农民形象，肯定了他不同于父辈的新的思想性格和生活方式，也肯定了他对于推动时代发展所作出的尝试和努力。阿多没有父辈那种"发家"的光荣，却经历了"家败"的辛酸，他对过去没有迷恋，对现在也不抱怨，却对未来尚存有希望。

这种对自身所经历的受压迫命运的清醒认识，是他大部分父辈所没有的，所以他决心开拓一条新的路，对于这个选择，茅盾毫不保留地给予了赞赏。茅盾从20世纪30年代旧中国农村新一代农民的身上，挖掘到了一种不同于老一辈农民的独有特质，他的这种洞察力彰显的革命性，也开启了农民命运探索的新阶段。

此外，这种革命性也在《子夜》中大放光彩，"尽管黑暗，但黎明的到来已经不远"，这便是"子夜"含义。小说中的工农阶级，虽然多次斗争且以失败落幕，但是在残酷的阶级斗争中磨砺了自我，他们在不断成长，前途一片光明。

《蚀》描绘了大革命前后某些小资产阶级知识青年的生活

经历和思想动态。《林家铺子》以林老板经营的小店铺的兴衰沉浮为中心，多方面地描写了林老板与整个社会的联系，阐释了林家小店铺的破产是整个工商业共同的前途的重要思想。《春蚕》通过农民老通宝一家人蚕花丰收，而生活却更加困苦的事实，明明白白地告诉人们：农民真正的出路，需在丰收之外去寻找。如同《子夜》一样，《林家铺子》和《春蚕》也是很有代表性的社会剖析小说，它们被选入中学语文教材，是供青少年学习的范文。《林家铺子》和《子夜》还被拍成电影，在社会中引起强烈反响。

　　总而言之，茅盾的小说创作，具有革命现实主义风格。他的小说具有史诗性，反映时代风貌，在题材上，农村和城市皆有着墨。他的小说胜在艺术真实，典型人物的刻画与典型环境交相辉映。他的小说怀揣理想性与革命性，人物形象的觉醒，如同一盏黑夜里的明灯，照亮了中国光明的未来。

茅盾生平年表

- 1896年，生于浙江省桐乡县乌镇。原名沈德鸿，字雁冰。

- 1913年，考入北京大学预科第一类。

- 1916年，北京大学预科毕业后，到上海商务印书馆英文部工作，后调至国文部从事译述工作。

- 1920年，主持《小说月报》的"小说新潮"栏。

- 1921年1月，参与发起组织"文学研究会"，接编并改革《小说月报》。

  7月，由上海共产主义小组成员转为正式党员。

- 1923年，辞去《小说月报》主编职务，至商务印书馆编译所工作。

- 1925年，被选为出席广州国民党第二次全国代表大会代表。

- 1926年1月，离开上海去往广州，后任国民党中央宣传部秘书。

  3月，返沪。

- 1927年1月，赴武汉，在中央军事政治学校武汉分校任教官。

  4月左右，任《汉口民国日报》主编。

  7月，离开武汉拟去南昌，阻于牯岭。

  8月，回上海，失去与党组织的联系。

  9月始，中篇小说《幻灭》连载于《小说月报》第18卷第9—10号，署名茅盾。

- 1928年1月始，中篇小说《动摇》连载于《小说月报》第19卷第1—3号。

  6月始，中篇小说《追求》连载于《小说月报》第19卷第6—9号。

7月，离开上海去日本。

10月，论文《从牯岭到东京》发表于《小说月报》第19卷第10号。

- 1929年5月，论文《读〈倪焕之〉》发表于《文学周报》第8卷第20期。

  6月始，长篇小说《虹》连载于《小说月报》第20卷第6—7号。

- 1930年3月，长篇小说《虹》由开明书店印单行本。

  4月，返回上海，不久加入"中国左翼作家联盟"。

- 1931年，开始创作长篇小说《子夜》。

- 1932年7月，短篇小说《林家铺子》发表于《申报月刊》第1卷第1期，被收入1933年5月开明书店版《春蚕》。

  11月，短篇小说《春蚕》发表于《现代》第2卷第1期，被收入《春蚕》。

- 1933年1月，《子夜》由开明书店出版。

  4月，短篇小说《秋收》发表于《申报月刊》第2卷第4期，被收入《春蚕》。

7月，短篇小说《残冬》发表于《文学》第1卷第1号，被收入1939年8月开明书店版《茅盾短篇小说集》第2集。

- 1935年，论文《〈中国新文学大系·小说一集〉导言》被收入上海良友图书公司版《中国新文学大系·小说一集》。

- 1937年8月，参与编辑的《救亡日报》《呐喊》（后改名《烽火》）分别在上海创刊。

  9月，编辑的《烽火》在上海创刊，巴金为发行人。

  年底，离开上海，秘密绕海道去香港。

- 1938年1—2月，活动于香港、广州、武汉等地。

  3月，中华全国文艺界抗敌协会在武汉成立，被选为理事。

  4月，主编的《文艺阵地》在广州创刊。同时，编香港《立报·言林》。

  12月，受杜重远邀请赴新疆，途经昆明，停留数日。

- 1939年，抵达新疆，在新疆学院任教。后任新疆文化协会委员长、中苏文化协会新疆分会会长。

- 1940年5月，冒险脱离新疆抵达延安，后曾在陕甘宁边区文化协会和鲁迅艺术文学院讲演、讲学。

10月，离开延安抵达重庆。

- 1941年1月，散文《风景谈》发表于《文艺阵地》第6卷第1期，被收入1945年7月重庆良友复兴图书印刷公司版《时间的记录》。

  2—3月，离开重庆，前往香港。

  5月始，长篇小说《腐蚀》连载于17日至9月底《大众生活》，同年10月由华夏书店出版。

  6月，散文《白杨礼赞》发表于《文艺阵地》第6卷第3期，被收入1943年2月桂林柔草社版散文集《白杨礼赞》。

  9月，主编的《笔谈》在香港创刊。

- 1942年1月，离开香港，后到桂林。

  8月始，长篇小说《霜叶红似二月花》连载于《文艺阵地》第7卷第1—4期，1943年5月由桂林华华书店出版。

  年底，赴重庆。

  6月，参加纪念茅盾五十寿辰和创作二十五周年活动。

- 1946年3月，去往广州，后经香港于5月抵达上海。

  12月，应苏联对外文化协会邀请访问苏联。

- 1947年4月，自苏联归国。

  年底，自上海赴香港。

- 1948年9月始，长篇小说《锻炼》连载于9日至12月29日香港《文汇报》。

  年底，离开香港抵达东北解放区。

- 1949年2月，抵达北平。

  7月，出席第一次中华全国文学艺术工作者代表大会，当选为文学艺术界联合会副主席和中国文学工作者协会（中国作家协会前身）主席。

  9月，当选为中国人民政治协商会议第一届全体会议主席团常务委员、中央人民政府委员会委员。

  10月，任中央人民政府文化部部长；本年主编的《人民文学》创刊。

- 1951年，被选为世界和平理事会理事。

- 1958年1月始，《夜读偶记》连载于《文艺报》第1—2、8—10期，于同年8月由百花文艺出版社出版。

  3月始，《茅盾文集》（第1卷）由人民文学出版社出版，至

1961年11月出齐10卷本。

- 1965年1月，免去文化部部长职务；当选为中国人民政治协商会议全国委员会副主席。

- 1981年3月27日，逝世。